DE QUELQUES

OUVRIERS-POÈTES

BIOGRAPHIES ET SOUVENIRS

PAR

Eugène BAILLET

> Nous voyons, grâce aux fleurs que l'immortelle
> Mêle aux tranchets, aux limes, aux rabots,
> A la navette, au pic, à la truelle,
> L'art sans étude et la gloire en sabots.
> Ces artisans chantent, frondent, racontent,
> Le peuple parle, hier il bégayait.
>
> BÉRANGER

> Ce petit livre est œuvre de conscience, je l'ai fait tirer à cent exemplaires, mais je doute qu'il trouve cent lecteurs.
>
> E. B.

LABBÉ, Editeur, rue du Croissant, 20
1898

Pour mon ami Octave Lebesgue
ce petit livre, témoignage
d'une grande sympathie.

Eugène Baillet

mars 98

DE QUELQUES OUVRIERS-POÈTES

DE QUELQUES

OUVRIERS-POÈTES

BIOGRAPHIES ET SOUVENIRS

PAR

Eugène BAILLET

Nous voyons, grâce aux fleurs que l'immortelle
Mêle aux tranchets, aux limes, aux rabots,
A la navette, au pic, à la truelle,
L'art sans étude et la gloire en sabots.
Ces artisans chantent, frondent, racontent,
Le peuple parle, hier il bégayait.

BÉRANGER

Ce petit livre est œuvre de conscience, je l'ai fait tirer à cent exemplaires, mais je doute qu'il trouve cent lecteurs.

E. B.

LABBÉ, Editeur, rue du Croissant, 20

1898

UN MOT

Ce petit livre est œuvre de conscience, je l'ai fait tirer à cent exemplaires, et je doute qu'il trouve cent lecteurs.

On s'intéresse peu aujourd'hui à ces questions de poésie-ouvrière, qui ont tant excité de controverses, rien de plus juste au fond; l'intelligence marche, et ce qui était palpitant hier est d'un faible intérêt aujourd'hui.

C'est pour moi une satisfaction vive, d'avoir réunis de bons souvenirs, qui m'ont, en les écrivant, fait revivre ces chers disparus. Je les ai aimés, ma main a pressé les leurs, et ce n'est pas sans quelques serrements de cœur que j'ai retracé leurs vies, leurs luttes... et leur mort.

Vieillesse est tristesse : ce n'est pas seulement parce qu'elle éteint nos facultés l'une après l'autre que la vieillesse est triste, c'est surtout parce qu'elle amène avec elle l'isolement. On cherche autour de soi ceux qui ont vécu de votre vie intellectuelle, ils étaient vieux, ils sont morts... sans compter ceux qui nous ont quitté en pleine jeunesse,

Et maintenant, tout petit livre, tu vas aller rendre visite à quelques nouveaux amis, qui t'accueilleront, je l'espère, comme un écho du passé.

Et si, plus tard, un bibliophile fureteur, trouve ces quelques feuillets, il verra que notre modeste groupe ne s'est pas désuni, — j'étais le plus jeune, c'était à moi de rappeler les autres, c'est ce que j'ai fait.

Eugène BAILLET

Créteil, juillet 1897.

Les Ouvriers-Poètes

ÉTUDES ET NOTICES

—

Lettre au Cousin Louis.

Vous me demandez, cher Cousin Louis, d'écrire pour le recueil des *Coquelicots* quelques notices sur les anciens Ouvriers-Poetes. J'accepte de grand cœur! rien ne m'est plus agréable que de parler de ces vaillants, que j'ai presque tous connus.

Je dis vaillants, et c'est le mot propre, car. à l'époque où les Ouvriers-Poètes ont fait un certain bruit dans le monde littéraire et politique, — vers 1840, — ils durent lutter contre mille tracasseries et contre leur situation même; la vie à l'atelier, ou à la fabrique. n'était pas toujours facile, dans les moments où les journaux se livraient à des polémiques ardentes sur des questions dont les rimes des ouvriers étaient le sujet. pour les auteurs de ces rimes.

Les feuilles républicaines, ou tout au moins démocratiques, soutenaient et défendaient la poésie ouvrière. Il y avait au fond de ces discussions un grand principe à mettre en lumière : il fallait établir que l'intelligence se logeait aussi bien dans la tête du pauvre, que le savoir n'avait pas éclairée, que dans celle du riche, qui avait fréquenté le collège jusqu'à l'âge où l'enfant de l'ouvrier termine ses années d'apprentissage, et que l'intelligence devait avoir dans le monde social une place, sinon prépondérante, du moins égale à celle que donne la fortune.

Or, en ce temps-là, celui qui ne payait pas deux cents francs d'imposition n'était pas électeur. Cette iniquité politique révoltait les consciences honnêtes et une circonstance se présentait à l'appui du principe qui devait triompher huit années plus tard : le suffrage universel.

En effet, n'était-ce pas scandaleux de faire confectionner les lois par l'épicier, électeur et éligible, tandis que l'ouvrier intelligent qui avait peut-être produit une œuvre, un livre, dans lequel les idées qui étaient alors dans tous les esprits étaient élaborées et parfois résolues, ne pouvait manifester sa pensée par aucun vote?

Silence au pauvre! Lamennais l'a dit plus tard, mais cette maxime était déjà celle du riche, alors. — Ne l'est-elle plus aujourd'hui? Je ne l'affirmerais pas.

Je n'entreprendrai pas ici, cher Cousin Louis, d'écrire l'histoire de la poésie ouvrière, cela serait très intéressant pour nous, sans doute, mais nous demanderait trop de place.

Il faudrait vous parler, entre autres, de notre ancêtre Adam Billaut, le menuisier de Nevers, une figure bien originale et bien curieuse ; il écrivait sous Louis XIII, à une princesse qui lui reprochait son silence, ces vers, superbes et d'une philosophie toute moderne :

.... Que pourrais-je dire en ce siècle de guerre,
Où le sang tous les jours vient abreuver la terre,
Où la peste, le feu, la famine et le fer
Traitent les innocents des peines de l'enfer ?
Mon humeur est contraire à ces funestes choses :
Je n'aime voir le sang qu'en la couleur des roses,
Et le chant d'un vieux coq à la pointe du jour
Me plait mille fois mieux que le bruit du tambour.

J'en aurais plusieurs à vous citer, qui sont vraiment les précurseurs de la poésie du peuple, et leurs noms se trouveront souvent sous ma plume au cours de ces notices.

C'est seulement de nos chefs de file, de ceux qui sont en communion d'idées et de langage avec nous, avec nos confrères des *Coquelicots*, que je dois vous dire la vie et signaler les œuvres. Je vous dirai la tâche qu'ils ont accomplie ou aidé à accomplir ; car plusieurs d'entre eux n'écrivaient pas seulement pour écrire, mais apôtres des idées humanitaires et réformatrices ils propageaient par la plume et par l'exemple les maximes de l'évangile de l'avenir.

En 1840, la presse française ne ressemblait en rien à celle d'aujourd'hui; on ne comptait pas les journaux par centaines, oh non! la feuille à un sou n'existait pas et les journaux libéraux s'occupaient peu des questions ouvrières. *Le National, la Réforme, la Démocratie pacifique* avaient pour lecteurs leurs abonnés, — la vente au numéro était un mythe. — C'étaient les fervents du petit cénacle représenté par chaque feuille.

Ledru-Rollin, Ribeyrolles et Armand Marrast, n'étaient pas les ennemis de l'affranchissement des prolétaires, mais c'étaient des amis bien platoniques.

Il fallut donc créer des organes spéciaux, de là la naissance de *l'Atelier* et de *la Ruche populaire*, journaux exclusivement rédigés par des ouvriers. A *l'Atelier*, cependant, la direction avait à sa tête un ancien médecin, homme de lettres, M. Buchez, qui fut depuis représentant du peuple en 1848 et président de l'Assemblée Constituante. M. Corbon, alors ouvrier sculpteur sur ivoire, qui fut aussi représentant du peuple en 1848, aujourd'hui sénateur inamovible, était un des principaux rédacteurs de *l'Atelier*. On ne signait pas les articles, l'individualité était absorbée par la collectivité. L'esprit du journal, bien que foncièrement républicain, était déiste et papiste.

A *la Ruche populaire*, fondée par le saint-simonien Vinçard, au contraire, tous les articles étaient signés. Ces publications étaient très lues par les hommes d'esprit et de cœur qui s'intéressaient aux revendications de la classe laborieuse. Dans chaque numéro, il y avait au moins une pièce de vers, œuvre d'un ouvrier. C'est là que se sont produits : Savinien Lapointe, le cordonnier; Gilland, le serrurier; Michel Roly, le menuisier; Barillot, l'imprimeur; Claude Desbeaux, le chapelier, et beaucoup d'autres.

Alors, — en 1841, — Olinde Rodrigues, un des fervents adeptes de l'école saint-simonienne, eut l'idée de réunir les poésies éparses des Poètes-Travailleurs, et de les publier en un joli volume, sous le titre *un peu prétentieux, mais juste au fond*, dit George Sand, de Poésies *sociales des ouvriers*.

La presse réactionnaire bourgeoise jeta les hauts cris : eh quoi! des ouvriers, mais ils ne savent pas lire! et ils veulent écrire! Oh non! arrêtons l'invasion! Et des articles peu encourageants parurent dans *le Journal des Débats* et dans *la Revue des Deux-Mondes*, sous les signatures de MM. Lherminier et Cuvillier-Fleury, entre autres. On y épluchait les strophes ligne par ligne, critiquant ici une faute de syntaxe, là une rime un peu risquée, et surtout la tendance des idées.

Mais, dominant ce bourdonnement rageur, des voix venant de plus haut criaient bravo et encourageaient le mouvement intellectuel et puissant qui se produisait dans la classe ouvrière. Ces voix étaient celles de Béranger, de Victor Hugo, de Lamartine, de George Sand, d'Eugène Sue, de Léon Gozlan, de Dumas père, d'Ortolan, etc. Béranger écrivit en 1842 la jolie chanson : *la Fée aux rimes*, où se trouve ce couplet :

Nous verrons, grâce aux fleurs que l'immortelle
Mêle aux tranchets, aux limes, aux rabots,
A la navette, au pic, à la truelle,
L'art sans étude et la gloire en sabots.
Ces artisans chantent, frondent, racontent.
Le peuple parle ; hier, il bégayait.
Du haut du trône on s'écrie inquiet :
Voici les voix d'en bas qui montent.

Ce n'était pas seulement de Paris que les rimes s'échappaient de l'atelier, de l'usine ou du chantier pour se faire entendre à la foule : Lizy avait Magu, son tisserand ; Rouen, son calicotier, Lebreton ; Toulon, son maçon, Charles Poncy ; Dijon, sa couturière, Antoinette Quarré ; Nîmes, son boulanger, Reboul ; Fontainebleau, son menuisier, Durand.

C'est ce mouvement qui a éveillé dans le peuple des centaines de voix qui depuis se sont fait entendre sous différentes formes et surtout sous celle de la chanson, que Colmance, un ouvrier aussi, a baptisée si poétiquement du titre de *Dixième Muse*.

Presque tous les chansonniers de valeur, dont les œuvres se sont éparpillées dans toute la France, de 1840 à 1860 — époque où la chanson est morte avec la naissance des concerts — ne prenaient la plume qu'en quittant l'outil.

Charles Gille, l'auteur du *Bataillon de la*

Moselle, du *Vengeur* et de vingt autres petits chefs-d'œuvre, était coupeur de corsets et homme de peine au besoin ; Gustave Leroy, qui eut une grande influence sur les masses par ses chansons, était brossier; Victor Rabineau, l'auteur de la superbe chanson *la Locomotive*, était marbrier ; Louis Voitelain était imprimeur ; Landragin, dont le nom fut si justement populaire dans les goguettes, était et est encore cordonnier ; Auguste Alais, un vrai chansonnier, était horloger ; Pister était graveur sur bois ; Evrard était ciseleur. J'en pourrais citer encore une cinquantaine que j'ai connus, fréquentés et aimés. Les chansonniers formeront un chapitre spécial de la revue que nous allons passer des Poètes ouvriers.

Aujourd'hui, voilà que grâce à vous, cher Cousin Louis, de nouvelles voix, qui chacune chantait dans son coin, dans l'ombre, partant aussi de l'atelier et de l'usine, se font entendre au grand jour de la publicité, et forment entre elles un concert où toutes les notes se marient agréablement.

Comme il y a cinquante ans, c'est de tous les pays de France que ces échos nous arrivent; et tous les métiers qui fournissent leurs poètes.

Vous avez un coutelier, un monteur en bronze, un sabotier, un tourneur sur bois, un chauffeur mécanicien, un cuisinier, un verrier, sans compter tous ceux qui vont venir augmenter le groupe. N'oublions pas les typographes, ils sont en majorité. Mais ces derniers ont en permanence le livre sous les yeux et dans la main, et cela les prédispose à prendre la plume plus que les ouvriers des autres corps d'état; de là leur nombre.

L'œuvre que vous avez entreprise, Cousin Louis, est de celles qui méritent d'être encouragées; mais — le sera-t-elle suffisamment? — vous devez le savoir, notre époque est bien à la prose! — le public acheteur viendra-t-il? — Pour lui, la seule poésie n'est-elle pas celle qui se produit dans les concerts? — Hélas!

Ce sont nos amis qui doivent d'abord vous venir en aide. La solidarité — qui pourrait accomplir des miracles — est beaucoup prêchée. La mettre un peu en pratique serait d'un bon exemple. Espoir et courage.

Notre première notice sera celle de Magu, le tisserand de Lizy-sur-Ourcq, dont les œuvres parurent en 1839.

Eugène Baillet.

MAGU

LE TISSERAND DE LIZY-SUR-OURCQ

La première fois que je vis Magu, c'est en 1855, chez lui, à Lizy, dans sa petite maison. J'arrivai dans le village à onze heures du soir; c'était en novembre, la terre était couverte de neige et il gelait de la bonne façon. Un clair de lune éblouissant argentait la petite maison du poète à laquelle je frappai et qui s'ouvrit immédiatement : Magu et sa femme m'attendaient. Une demi-heure plus tard nous étions tous les trois autour d'une modeste table sur laquelle fumait une omelette au lard que la maîtresse de céans venait de confectionner, et, à minuit, nous étions des vieux amis. Il est vrai que nous nous connaissions par correspondance depuis plusieurs années.

Magu était alors un beau vieillard, haut de taille et fortement bâti, plutôt maigre, mais d'une charpente solide, un peu voûté, mais alerte et le geste vif, il avait la voix criarde des Briards et son rire s'envolait avec éclat. Sa femme, dont il parle souvent dans ses vers, était toute petite. Active, intelligente et très au courant de tout ce qui regardait le vieux poète, elle parlait de George Sand mieux que certain biographe. Je demeurai quatre jours à Lizy, pendant lesquels j'appris beaucoup de choses sur les façons de faire de plusieurs personnages connus et sur la vie de Magu.

Le père de Magu était marchand de toile à Paris, c'était un bourgeois vaniteux et d'une intelligence bornée, car, à l'exemple du père de Béranger, il employa l'argent qu'il avait gagné dans son commerce à acheter, quoi? un titre de noblesse! Quand Magu vint au monde, le 25 mars 1788, rue du Temple, il était fils de noble. Combien cela le faisait rire quand il causait de sa noblesse... et de celle des autres! La Révolution arriva qui fit un feu de joie des titres, et le "noble" marchand de toile ayant fait de mauvaises affaires, se réfugia dans un village de Seine-et-Marne nommé Tancrou. Là, il se fit marchand ambulant. Il colportait de la fayence de village en village. L'établissement était une petite voiture attelée d'un âne.

Magu avait alors une dizaine d'années, il accompagnait son père dans ses excursions commerciales, et bien que n'ayant eu pour toute instruction que ce qu'on peut apprendre en trois hivers dans une école de village, il sentit alors s'éveiller en lui le goût de la lecture et l'instinct de savoir. Tous les bouquins qui lui tombaient sous la main étaient dévorés avidement; en quelques années, Magu apprit ainsi ce qu'on n'enseigne pas, c'est-à-dire à penser et à observer. Les poètes et les prosateurs classiques lui étaient, en partie, familiers à dix-huit ans. Quant à la grammaire, la syntaxe, l'orthographe, où avait-il fréquenté ces choses indispensables à quiçonque veut traduire sa pensée sur le papier? on ne sait pas. Cela vient à petites journées, à force d'observation et de volonté, mais sans règle, sans suite et sans maître. C'est l'école d'où nous verrons sortir tous les ouvriers-poètes.

A dix-huit ans, Magu est amoureux de sa cousine et il se révèle poète. Nos premiers vers sont toujours des vers amoureux, et il adresse à la jeune paysanne qu'il aime de gentils quatrains qui sont datés 1806. Voilà comment il raconte cette phase de sa vie et ce qui s'en suivit, dans son premier volume, publié trente-cinq ans plus tard :

J'étais bien jeune encor, quand ma rustique Lyre
Pour la première fois soupira mon délire.
Ma voix mal assurée essaya quelques sons,
Mais l'amour connut seul mes naïves chansons.
Car je chantais alors comme on chante au village
Et j'en avais les mœurs ainsi que le langage.
Quelques livres tombés dans mes mains, par hasard,
Sont venus m'éclairer, et je soupçonnai l'art.
Ce fut toi le premier, ô maître, ô Lafontaine,
Qui réglas les accords de ma Muse incertaine;
Longtemps mon seul ami, tu m'étais suffisant...
Tu sus former mon goût, m'instruire en m'amusant.
J'appris en te lisant, homme simple et sublime,
A cadencer les mots pour y joindre une rime.

J'obéissais alors à mon puissant vainqueur :
Je chantais mon amour, il débordait mon cœur.
L'amour me rendait fier, il élevait mon âme,
Il me semblait qu'en vers je peindrais mieux ma flamme
Ma belle me comprit, avec peine pourtant,
Je sus l'intéresser, aussi je l'aimais tant!
Elle distinguait bien un œillet d'une rose,
Mais ne démêlait point les vers d'avec la prose

Amis, n'en riez pas, on ignore au hameau
L'art qu'enseignait Horace et qu'on lit dans Boileau.
Elle ne connaissait que son dé, ses aiguilles
Mais cela dura peu, l'esprit vient vite aux filles,
Bientôt elle daigna me donner des avis :
Elle m'en donne encor, qui sont parfois suivis.

Une fois marié, ma Lyre suspendue
Resta pour quelque temps muette et détendue.
Un travail obstiné dévorait tout mon temps.
Un enfant sans manquer m'arrivait tous les ans.
On sait qu'à l'indigent cette aubaine est commune.
Il ne s'en plaint jamais, bien loin, c'est sa fortune !
Econome, assidu, réglé dans ses besoins,
C'est de tous les revers celui qu'il craint le moins.
Sa famille s'accroît, il n'en est pas plus triste,
Il veille un peu plus tard et le bon Dieu l'assiste !

Voilà des vers de poète, non de grand, mais de vrai poète. Le sentiment les a dictés et l'on sent en les lisant qu'ils ont été facilement écrits. Cette simplicité, où le naturel est parfois un tant soit peu malicieux, est une manière bien personnelle à Magu.

A vingt ans l'amoureux était devenu le mari de la cousine, et le métier de colporteur ne donnant plus assez de résultats, il avait appris d'un parent l'état de tisserand, il travaillait avec ardeur et sa jeune femme le secondait.

Les jeunes gens avaient à cœur de prouver à leurs familles, dont ils n'avaient reçu aucune aide au moment de leur mariage, combien l'amour et le courage peuvent accomplir de miracles. En moins d'une année, la grange, où une botte de paille achetée douze sous leur avait servi de couche nuptiale, était transformée en une charmante chambrette, avec un vrai lit, et des meubles. Chambre de village et meubles de pauvres certainement, mais que la jeunesse et la poésie faisaient paraître superbes.

Nous étions en 1814, terrible année! l'homme qui avait tant bouleversé et inondé de sang la France et l'Europe, l'homme dont l'ambition cruelle avait tant fait verser de larmes et qui venait d'anéantir toute une génération *pour quelques rameaux de lauriers*, cet homme allait tomber en entrainant dans sa chute le fragile édifice qui coûtait des milliers d'hommes et qu'il avait construit plus pour obéir à sa fièvre de domination que pour être utile à l'humanité. La France victorieuse avec la République allait subir la honte d'une invasion amenée par un Empire, les armées étrangères s'avançaient sur Paris en saccageant sur leur passage tout ce qui les gênait. Le petit village de Tancrou fut un des plus maltraités, la maison où le jeune Magu avait abrité son bonheur fut démolie, et tout ce qu'elle contenait entièrement détruit. Par surcroit, une maladie d'yeux l'empêchait pendant six mois de s'asseoir à son métier.

Le poète nous l'a dit : les enfants arrivaient vite. Il en avait trois, déjà. Ce n'était pas le moment de se décourager. De nouveau il se fit marchand forain, et pendant de longues années il vécut de cette existence un peu bohémienne et superbe d'indépendance qui allait si bien à sa nature d'artiste.

Magu semait sur son passage de nombreuses pièces de vers traitant des sujets de circonstance les plus divers. Combien ont été perdues qui devaient être charmantes, si on en juge par celles qui ont été sauvées de l'oubli. C'est dans l'une d'elles que nous trouvons ce quatrain :

> Oh! combien de courage et de philosophie
> Il faut pour supporter les maux de cette vie!
> Tout prouve qu'ici-bas plaisir, bonheur, repos,
> Rien n'est sûr, si ce n'est la mort et les impôts.

Quand le poète vint s'installer à Lizy, il reprit son travail de tisserand, métier peu lucratif et fatigant : la vie fut rude pour lui ; il en adoucissait la peine par une philosophie pleine de bon sens qui ne l'a jamais quitté. Il était connu et aimé de tous, non-seulement à Lizy, mais aussi dans les villages environnants. Il saisissait ingénieusement toutes les occasions de se produire. Les paysans en abusaient souvent. Couplets de naissance, de baptêmes, de fêtes, lui étaient journellement commandés. Il a dépeint cette situation fatale dans les jolis vers *à Hippolyte Tampucci*. Il s'y prêtait de bonne grâce, en somme.

Ce n'est que vers 1838 qu'une rumeur se fit autour du nom de Magu. Déjà Lebreton, Beuzeville, Reboul, avaient publié leurs œuvres. Les notabilités intelligentes de Seine-et-Marne pensèrent au tisserand de Lizy. Des souscriptions s'organisèrent sur tous les points du département et force fut à Magu de retrouver ses poésies semées un peu partout et de les réunir en un volume, qui fut mis en vente, orné de son portrait, dessiné par Alophe.

La publication du recueil de Magu était certes une œuvre littéraire, puisqu'elle révélait un talent d'une grande originalité, mais c'était aussi une bonne action, car elle venait en aide à la position pénible dans laquelle vivait l'artisan. Il vieillissait sans avoir d'autre perspective que la misère, il avait eu quatorze enfants ; trois seulement vivaient, il est vrai, mais que de chagrins et de soucis il avait traversés ! Il était temps que le poète vint au secours du travailleur.

Aussitôt son livre publié, Magu se vit tout à coup dans un nouveau monde. La petite maison de Lizy était envahie par de nombreux visiteurs. Une correspondance considérable arrivait chaque matin, les cadeaux de toute nature abondaient. George Sand accourait féliciter le poète, Béranger recevait Magu, et, résultat inespéré, le tirage des deux mille volumes à 4 fr. s'épuisait de jour en jour. C'était la fortune et la gloire. Heureux poète !

— J'ai cru que j'en deviendrais fou ! me disait Magu vingt ans plus tard.

Parmi les honneurs réservés au poète-tisserand, il en est un grand que je vais raconter, les détails en sont inédits :

Un dimanche matin, Magu est prévenu que David d'Angers va venir à Lizy, tout exprès pour faire son portrait. David d'Angers ! une des gloires les plus pures de la France ! le sculpteur du fronton du Panthéon ! le grand citoyen à qui nous devons les vigoureux médaillons des vieux conventionnels!

Voilà tout sens dessus dessous dans la maison, il faut recevoir dignement le célèbre artiste. La mère Magu ne sait plus où donner de la tête...

David arrive, il serre avec effusion les mains du poète, taille ses crayons et dit : Mettons-nous à l'œuvre! — Non, déjeunons d'abord, répond le tisserand, vous avez fait quinze lieues en voiture ce matin, et ça donne de l'appétit... — Non pas, reprend le maître sculpteur, travaillons!

Au bout de deux heures les traits du poète vivaient sur le papier. — Comme c'est beau, c'est saisissant de ressemblance! disait Magu. — Comme c'est bien *le père*! répétaient la mère et la fille. Le couvert était mis. Mais David prend son chapeau : — Au revoir, mes amis, s'écrie-t-il, excusez-moi de vous avoir dérangés de vos plaisirs du dimanche, dans quelques jours je vous enverrai votre médaillon en bronze. — Comment! vous nous quittez ainsi? — J'espère, monsieur Magu, que quand vous viendrez à Paris vous me ferez l'honneur de venir me voir; adieu! Et l'artiste part brutalement, ne comprenant pas, sans doute, quel plaisir il eût fait à cette honnête famille en acceptant le modeste repas qu'elle lui offrait de si bon cœur : petit côté d'un grand homme.

Ouvrons maintenant les recueils du poète, et choisissons celles de ses pièces qui feront connaître à nos amis sa note personnelle.

A MA NAVETTE

Cours devant moi, ma petite navette.
Passe, passe rapidement.
C'est toi qui nourris le poète,
Aussi t'aime-t-il tendrement.

Confiant dans maintes promesses,
Eh quoi! j'ai pu te négliger?
Va, je te rendrai mes caresses,
Tu ne me verras plus changer.

Il le faut, je suspens ma Lyre
À la barre de mon métier.
La raison succède au délire :
Je reviens à toi tout entier.

Quel plaisir l'étude nous donne!
Que ne puis-je suivre mes goûts?
Mes livres... je vous abandonne.
Le temps fuit trop vite avec vous!

Assis sur la tendre verdure,
Quand revient la belle saison,
J'aimerais chanter la nature...
Mais puis-je quitter ma prison?

La nature! livre sublime.
Le sage y puise le bonheur.
L'âme s'y retrempe et s'anime
En s'élevant vers son auteur.

A l'astre qui fait tout renaître,
Il faut que je renonce encor :
Jamais à ma triste fenêtre
N'arrivent ses beaux rayons d'or.

Dans mon réduit tranquille et sombre,
Dans mon humide et froid caveau.
Je me résigne comme une ombre
Qui ne peut quitter son tombeau.

Qui m'y soutient? — c'est l'espérance,
C'est Dieu, je crois en sa bonté.
Tout fier de mon indépendance,
J'y retrouve encor la gaîté!

Non, je ne maudis pas la vie,
Il peut venir des temps meilleurs.
Quelque peu de philosophie
M'en fait supporter les rigueurs.

Je me soumets à mon étoile.
Après l'orage, le beau temps, !
Ces vers, que j'écris sur la toile,
M'ont délassé quelques instants.

Mais vite, reprenons courage.
L'heure s'enfuit d'un vol léger...
Allons, j'ai promis d'être sage :
Aux vers il ne faut plus songer.

Cours devant moi, ma petite navette,
Passe, passe rapidement.
C'est toi qui nourris le poète,
Aussi t'aime-t-il tendrement!

Cette pièce est d'une saveur exquise, elle peint l'homme et le poète à la fois.

La note ironique et voltairienne se rencontre souvent dans l'œuvre de Magu. Jugez-en :

J'ai lu que Dieu créa la terre
Pour les hommes qu'il fit égaux.
C'était bien agir en bon père
Si pour tous il eût fait des lots.
J'arrive, mais on me repousse.
Ma place est prise... enfin je voi
Que je n'en aurai pas un pouce.
Le bon Dieu s'est moqué de moi!

On me vante la providence.
Partout d'abondantes moissons
Couvrent le sol de notre France,
Dont je suis l'un des nourrissons.
Auprès il faut que je me couche.
J'ai pourtant bien faim... mais la loi,
La prison m'attend si j'y touche...
Le bon Dieu s'est moqué de moi!

Je ne sais rien de plus touchant que ces vers que le poète vieilli adresse à sa femme :

Ma pauvre femme, qu'autrefois
J'appelais ma belle Cousine,
Oh! qu'alors ton joli minois.
Tes yeux bleus et ta taille fine
Me rendaient heureux de mon choix...
Il n'était qu'une Catherine!
Mais hélas! nous devenons vieux,
Nous marchons vers la soixantaine,
Et puis, le travail et la peine
Ont plissé ton front gracieux,
Terni l'éclat de tes beaux yeux,
Même blanchi ces beaux cheveux
Dont la beauté te rendait vaine!
Que veux-tu? l'inflexible temps
A tes appas livre bataille,
Et de plus tes quatorze enfants
T'ont tant soit peu gâté la taille!
....

La place nous manque pour en citer plus. Mais voilà le poète. Cherchez ses deux volumes, on les rencontre chez les bouquinistes. George Sand a publié chez l'éditeur Charpentier une édition des œuvres de Magu d'où elle a exclu les pièces faibles : c'est la meilleure édition.

La note de Magu est bien personnelle parmi les poètes du peuple. Ce n'est pas le langage châtié que nous trouverons dans plusieurs de ses confrères, c'est l'ouvrier qui écrit comme il parle et comme il pense. La phrase est parfois un peu prosaïque, c'est l'écueil du naïf, il y a dans ses livres un certain nombre de pièces nulles, ce sont des vers dictés par la reconnaissance et que le poète s'est vu forcé d'imprimer... Il me disait un jour : J'ai dû ne pas livrer à la publicité mes chansons démocratiques ; il fallait que mon livre pût entrer partout. Je sais bien que je n'ai rien bousculé, mais j'étais vieux et j'étais pauvre. Ce qu'il disait était juste, et puis la vie au village ne ressemble en rien à la vie fiévreuse des villes.

En 1858, la compagne du poète mourut, c'était l'isolement. Les quelques francs que ses vers lui avaient rapportés étaient assez mal placés, et sans la rente de deux cents francs que lui servait le ministère de l'Instruction publique, il eût été dans la misère. Avec la vieillesse le silence s'était fait autour de lui, silence commandé par certains de ses anciens protecteurs qui avaient voulu le tenter, l'or à la main, à condition d'écrire pour un parti qui était le leur. Magu repoussa leurs offres, en disant : Si j'ai écrit des vers pour un roi, c'est que je croyais bien faire, mais... je sais ce que c'est que d'être pauvre et je ne suis pas à vendre.

Magu vint alors, vers 1858, à Paris demeurer chez sa fille, Mme Gilland, la veuve du représentant du peuple, ouvrier serrurier, à qui nous consacrerons un article. Elle habitait rue du Vert-Bois. C'est là qu'un jour, en descendant l'étroit escalier de la maison, Magu tomba et se fendit le crâne. Le docteur Broussais vint le voir; c'était son ami; il le fit transporter dans son service, à l'hôpital de la Charité, où il mourut le 13 mars 1860. Un fils de Magu, artiste peintre, est mort il y a quelques années à Angers, après avoir légué au musée de la ville un joli tableau qui représente le poète tisserand à son métier.

EUGÈNE BAILLET.

SAVINIEN LAPOINTE

OUVRIER CORDONNIER A PARIS

Je sais des gens qui disent : Ah! oui les poètes ouvriers, des ouvriers qui ne travaillent pas! celà est une calomnie intéressée. Savinien Lapointe, entre autre était un véritable travailleur, un vrai cordonnier, un *gnaf*, comme il disait lui-même, et un gnaf habile et adroit, produisant deux fois plus de besogne que la plupart de ses confrères, ce qui ne l'empêchait pas de travailler douze et quatorze heures par jour, assis sur le tabouret rembouré de lanières de cuir, dans ces *chambrées* malsaines, où se réunissaient alors les ouvriers de sa corporation, afin de réaliser quelque économie sur le loyer et l'éclairage. — Savinien s'était marié jeune, il avait charge d'âmes, des enfants et des ascendants. Mais c'était un tempéramment énergique, tenant tête haute et ferme à sa situation.

Le dimanche le poète emmenait sa famille à la barrière, on allait même un peu plus loin, il fallait bien renouveler l'air vicié qui était entré dans les poumons pendant six jours sur sept, puis, quand la poche était assez garnie pour cela, on entrait boire une chopine et *manger un morceau* dans un modeste cabaret. La barrière c'était le Bois de Boulogne du pauvre.

Ceci se passait en 1841-1842, Lapointe avait alors trente ans. Observateur et doué d'une nature essentiellement sensible, il gémissait des misères qu'il coudoyait chaque jour dans les milieux où il vivait.

Il entendait la plainte du pauvre, elle sonnait triste à son oreille et lui mettait le deuil et l'indignation dans le cœur. C'est alors qu'il traduisait en vers sonores et colorés, où l'on sent la sincérité à chaque ligne, ces tableaux où le peuple est représenté avec une vérité saisissante, terrible parfois.

Ce passage de sa pièce *Les Barrières* nous donnera la manière du poète en ce temps-là :

Culottes de velours, casquettes, gros souliers,
Vestes rondes, voilà nos braves charpentiers.
Un peu roides de corps, mobiles de visage,
L'œil d'aplomb, la voix rude et le style sauvage,
Au *Petit Ramponneau*, pour prendre leurs repas.
Une main dans la poche ils redoublent le pas,
Fumant avec bonheur le très cher brûle-gueule...
Leurs femmes, disons-le, n'ont pas l'esprit bégueule.
Jupes courtes, bas blancs, tablier fin, croix d'or,
Accortes, se riant du chétif mirliflor.
Bien loin de gourmander le bon garçon qui fume,
A l'odeur du tabac, leur amour se parfume.
. . . .
Le plus deshérité du produit de nos treilles,
Exténué, tué par de trop longues veilles
Avec sa douce femme, avec ses blonds enfants
Tous chétifs, mais proprets, courent à travers champs.
Que de privations durent être subies
Pour ce peu de toilette et combien d'insomnies !

De fatigue, de soins, de soucis, de tracas
Eut cette pauvre mère à tout préparer, bas,
Robes et mouchoirs blancs, en secret que de jeûnes
Pour avoir des colliers bénis aux deux plus jeunes!

Voilà un tableau réaliste, peint à l'époque où l'on ne parlait pas de réalisme.

C'est depuis 1838 que Savinien Lapointe publiait ses vers dans différentes revues et journaux; il fut de suite remarqué. Sa forme et son langage étaient loin d'être châtiés, mais c'était une voix et non un écho; c'était la poésie populaire écrite dans le langage du peuple, les sujets étaient en harmonie avec le style; il y avait là un côté étrange qui empoignait. Les écrivains qui tenaient alors les meilleures plumes ne s'y trompèrent pas. Eugène Sue, George Sand, Léon Gozlan et autres encourageaient l'ouvrier, puis un jour, Savinien habitait alors une mansarde au cinquième étage dans l'île Saint-Louis, il battait vigoureusement la semelle en chantant, on frappe à sa porte, la clef était dessus. — Entrez! La porte s'ouvre, l'ouvrier se lève comme électrisé et se jette au cou du visiteur qu'il embrasse en criant : Béranger! C'était bien lui. Savinien l'avait reconnu sans l'avoir jamais vu. Béranger lui prend les mains qu'il presse amicalement, et le regardant avec un sourire paternel : Je viens vous dire que vous êtes poète! — Puisque vous me le dites je veux bien le croire, répond Lapointe, dont les yeux étaient pleins de larmes, heureux qu'il était de la visite du grand chansonnier. Leur amitié dura quinze ans : pour Béranger, c'est la mort qui la fit cesser; pour Savinien elle dure encore, il y a près de cinquante ans de cela.

Avant de plaider la cause de la démocratie dans ses vers, le poète l'avait servie les armes à la main : en 1830 il était sur les barricades, et en 1834 il était à Sainte-Pélagie comme détenu politique. C'est là que condamné à des loisirs forcés, ce jeune homme qui sentait germer en lui, confuses encore, mais généreuses déjà, les pensées qu'il devait mettre au jour quelques années plus tard, s'acharnait au travail de la langue française et à l'étude des maîtres de la littérature. J.-J. Rousseau, Béranger et Lafontaine étaient ses auteurs favoris.

En 1841, Olinde Rodrigues fit une large place aux œuvres de Savinien Lapointe dans son volume *Poésies sociales des ouvriers*. C'était justice. Nul, en effet, plus que lui, ne représentait le poète ouvrier. Sa rudesse dans la forme, sa grandeur dans les aspirations, sa tendresse, qui se révélait dans toutes ses pièces et le cachet de sincérité qui éclatait à chaque ligne, faisaient de Savinien le prototype accompli du poète du peuple.

Une Voix d'en bas, tel est le titre du premier volume, aujourd'hui très rare, qu'il publia, il porte la date de 1844, c'est un bel in-8° avec eaux fortes d'Elméric Monin. La première pièce de ce recueil a pour titre *Une Plainte*. La voici :

Que se passe-t-il donc de funeste et d'étrange ?
Hélas ! l'orage a-t-il saccagé la vendange,

Incendié nos bois ? ou bien a-t-il couché
Le blé sur notre sol avant qu'il soit fauché ;
Arraché tous les fruits qui pendaient à la branche
De l'arbre sous lequel on allait le dimanche
S'asseoir et s'égayer... et nos pauvres abris
Ont-ils par l'ouragan été mis en débris ?
Tout nous échappe, hélas ! pain, fruits... à notre table
Le vin ne vient jamais comme un convive aimable
Y semer la gaité... nous grelottons... le froid
Aux trous de nos haillons s'engouffre et pas de toit
Où l'on puisse un moment se débleuir la face
Ni réchauffer ses pieds engourdis dans la glace.
Il fait pourtant bien froid, et rien pour nous couvrir,
Et nous sommes à jeun... que la faim fait souffrir !
Ah ! sur ce globe étroit la multitude abonde,
Oui ! le pauvre est de trop !... pourtant la sève inonde :
Blés, ceps, bois, fleurs et fruits, chanvre et lin... il nous faut
Subir la faim, la soif et le froid et le chaud !
Qui donc a fait les lots, désigné le partage ?
Quel ogre a dévoré le commun héritage ?
Tel est le cri du peuple, il s'élève et se perd,
Emporté par le vent comme un bruit au désert.

Ce premier volume fut très remarqué et très discuté ; mais Lapointe a dans le caractère un côté batailleur, auquel la critique ne déplaisait pas, il ripostait, et... marchait toujours.

1848 arrive, le poète chante la victoire des héros de février :

Un trône sans gloire
S'écroule en débris.
A nous la victoire,
Enfants de Paris !

Et quelques mois plus tard il publie dans les journaux de la démocratie la plus avancée, *la vraie République* et *l'Organisation du travail*, sous le titre *la Baraque à Polichinelle* et *les Prolétariennes*, des satires d'une grande vigueur. puis, en 1850, un deuxième volume de poésies est donné au public par l'auteur d'*une Voix d'en bas*, il a nom : *les Echos de la rue*. Ce volume est incontestablement meilleur que le premier : le vers est mieux fait, les sujets mieux composés. C'est toujours, avec plus d'art, la note humanitaire, la glorification du travailleur et la défense du pauvre qui forme le fond de l'œuvre. Les sujets multiples des *Echos de la rue* forment entre eux un poème des plus émouvants. L'auteur y trace ainsi son profil :

Je suis un inconnu sans fortune et sans gloire,
Assez peu désireux de vivre dans l'histoire,
Libre dans mon chemin comme l'oiseau dans l'air,
Pauvre, sans avenir, sans haine, sans envie,
Livrant à qui les veut les secrets de ma vie,
Du sort jaloux je méprise l'éclair.

J'ai combattu les rois, n'ayant qu'une espérance :
Celle d'un citoyen, la grandeur de la France.
Aux jours victorieux je me suis effacé
Et j'ai vu s'élever sur nos ondes mouvantes
Les médiocrités, les intrigues savantes,
Devant l'orgueil de mon regard baissé.

Comme François Villon, mon cousin en manique,
Pour école je n'eus que la place publique,
Pour hôtel mon veilloir, pour chaire un tabouret,
Pour rudiment le ciel, pour thème la nature ;
Mes jours, feuillets sans suite écrits à l'aventure,
Vont tour à tour des champs au cabaret.

J'aime, dit-on, le peuple au point que j'en raffole.
A chacun sa folie, à chacun son idole,
Courtisan du malheur je me prends dans ses fils.
Du hautain parvenu mon instinct me sépare.
Pour l'homme cultivé je ne suis qu'un barbare
Mal déguisé sous des haillons civils.

Ce profil est un portrait ressemblant, son auteur l'a retouché plus tard, il a eu tort. Ouvrons le volume, un peu plus loin nous trouvons :

L'ENFANT A LA GUITARE

La pauvre enfant chantait, suivant la foule avare,
Et sous ses doigts
L'accompagnement faux d'une vieille guitare
Aidait sa voix.

La pauvre enfant disait : quel froid, ma mère est morte.
Brume et douleur.
L'instrument murmurait : passant, la brise est forte,
Ouvre ton cœur.

La pauvre enfant disait : quel givre ! et comme il tombe,
Le jour finit.
L'instrument murmurait : la petite colombe
N'a pas de nid.

La pauvre enfant disait : hélas ! nul ne m'appelle,
Il se fait tard.
L'instrument murmurait : quoi, riche, rien pour elle,
Pas un regard !

La pauvre enfant disait : quel froid ! ma mère est morte,
Le ciel est noir.
L'instrument murmurait : passant, ouvre ta porte
Au désespoir.

L'enfant se tut, la faim la traîna d'un œil sombre
En lieu fatal,
Et l'instrument pleura, tombant brisé dans l'ombre,
Livrée au mal.

Ce petit drame est œuvre d'art et de cœur. Voilà le poète, donnons maintenant la notice de l'homme.

Savinien Lapointe est né à Sens, en 1812, c'est-à-dire qu'il est en plein dans sa soixante-dix-huitième année, ce qui ne l'empêche pas d'être robuste, d'avoir la tête solide et la clarté dans les idées comme à trente ans.

Il est venu à Paris en 1814, avec ses parents, chassés par l'invasion. Son père était cordonnier, il fut cordonnier. Il le fut et en vécut jusqu'à l'âge de quarante-cinq ans, c'est vers 1856 que Béranger conseilla à Lapointe d'accepter un modeste emploi dans l'administration du Gaz. — Vous aurez plus de temps pour écrire et autour de vous plus de silence pour penser, lui disait Béranger. Il occupa son emploi pendant trente ans et ne prit sa retraite qu'à la suite d'un accident qui le força à garder le lit pendant plusieurs mois.

L'œuvre littéraire de Savinien est considérable. C'est une tête sans cesse en mouvement que la sienne. C'est toujours avec ardeur qu'il se met au travail, la fièvre le prend dès qu'un sujet l'empoigne et ne le quitte qu'à la dernière ligne. Lapointe n'est pas un vaniteux, mais c'est un homme qui connait sa valeur. Au demeurant aimant à rire et au besoin à chanter. Son amour pour Béranger n'a pas vieilli, il a vécu pendant de longues années dans l'intimité la plus étroite du maître chansonnier et de son entourage. Comment fréquenter ainsi Béranter sans donner à la chanson une partie de sa verve et de sa verdeur? cela était impossible. Savinien a écrit une cinquantaine de chansons, elles sont jolies, mais ce sont des chansons pour être lues plutôt que chantées; c'est le contraire de ce qui se fait aujourd'hui pour nos concerts. Je citerai parmi les plus remarquables : *la Violette*, *l'Hôtellerie*, *la Cigale des rues*, *l'Ivrogne*, *Pauvre Denise*, et surtout, dans la forme bien personnelle au poète, *Madeleine*, tableau saisissant de cette martyre qu'on nomme la femme du prolétaire; la voici tout entière :

MADELEINE

Toute sa force est dans son âme,
La peine, voilà son avoir.
Pour s'appuyer, la pauvre femme
N'a que l'amour de son devoir.
De l'œil couvant sa maisonnée,
« Allons! commençons la journée,
Dit Madeleine en se levant,
« Qu'il fasse soleil, pluie ou vent.
La tâche est rude,
Mais de souffrir j'ai l'habitude,
La tâche est rude! »

Son mari Claude est un ivrogne
Au ton brutal, aux durs propos;
A la maison sans cesse il grogne,
Noyant sa gaîté dans les pots,
Quoi, toujours le nez dans un verre?
Madeleine, sa ménagère,
Va l'arracher au cabaret
Et dit, recevant maint soufflet :
La tâche est rude,
Mais de souffrir j'ai l'habitude,
La tâche est rude!

Pourtant chacun convient que Claude
Est un habile compagnon,
Mais comme il a la tête chaude,
Il se brouille avec son patron.

Madelon prie, et sa supplique
Le fait rentrer à la fabrique.
Claude y revient clopin clopant...
Madeleine dit en rentrant :
La tâche est rude,
Mais de souffrir j'ai l'habitude,
La tâche est rude!

Voici le soir de la quinzaine,
Il faut lutter, ruser, ramper.
Non, l'héroïque Madeleine
N'en ferait pas plus pour tromper.
A la caisse elle reste ferme,
Il s'agit de payer le terme.
Claude a cédé tout en jurant.
Madeleine dit en rentrant :
La tâche est rude,
Mais de souffrir j'ai l'habitude,
La tâche est rude!

Tandis qu'on soupe à la mansarde
Elle court chez le boulanger
Gratter la taille babillarde,
Régler le gîte et le manger.
Pour son homme, que cela touche.
Elle achète et met sur la couche
Veste neuve et feutre à poil ras,
Puis, souriant, dit dans ses bras :
La tâche est rude,
Mais de souffrir j'ai l'habitude,
La tâche est rude!

Enfin sur cette route amère
La maladie, au cours fatal,
Conduit la malheureuse mère
Au lit fiévreux de l'hôpital.
Par ses enfants se voyant suivre,
Madeleine dit : je veux vivre,

De moi tous ont besoin encor
Je vivrai, quel que soit mon sort.
La tâche est rude.
Mais de souffrir j'ai l'habitude,
La tâche est rude!

Ce n'est pas là de la fantaisie; celui qui a peint ce tableau avec des couleurs aussi vraies dans leur crudité, en a dû voir les personnages vivants; il a vécu parmi eux, et l'inspiration lui est venue quand la douleur débordait de son âme.

Savinien Lapointe n'a pas écrit que des poésies et des chansons, il a en portefeuille sept pièces de théâtre : drames et comédies, en vers et en prose, elles ont toutes été refusées, malgré leurs qualités incontestables, mais ce n'est pas le genre à la mode. Il doit s'en consoler en pensant que Balzac n'a jamais pu être à la mode au théâtre.

L'éditeur Lemerre a publié deux volumes de contes pour les enfants : *Il était une fois* et *En ce temps-là*, qui sont les dernières publications de notre poète. Ces titres sont charmants, ils attireront l'œil des enfants et les feront sourire. Il faut relater aussi : *Mémoires sur Béranger*, un livre intéressant et documentaire — style du jour — et Savinien Lapointe nous promet à courte échéance *les Réprouvés*, un volume de vers, très moderne par la forme, très humain par le fond; ce livre sera certainement des plus curieux. Nous attendons aussi *les Mémoires d'un vieil insurgé*. C'est là que nous guettons le poète, j'espère que c'est dans ce livre qu'il nous dira pourquoi il s'est tout à coup égaré dans un camp où le combattant républicain de 1834 n'aurait jamais dû figurer. O! ironie de la pensée! croire que le drapeau de la démocratie peut être surmonté d'un aigle : cette démocratie-là n'est qu'une parodie. La démocratie n'a pas d'autre drapeau que celui de la République.

Aujourd'hui Savinien a quitté Montmartre, où il a vécu longtemps, très estimé de tous. Avant de partir, il a écrit à un journal de la localité une charmante lettre où il trouve à son départ une consolation : *les rossignols sont partis et les corbeaux sont arrivés*, dit-il, en faisant allusion aux grands jardins disparus et au *Sacré-Cœur* installé sur la vieille butte. Il habite un village près de son pays natal; son existence y est calme, sa modeste pension de la Compagnie du Gaz, jointe à celle de la Société des Gens de Lettres, le mettent à l'abri du besoin.

Mais le mouvement, l'activité, la vie intellectuelle, l'entourage, Paris enfin, tout cela manque au vieil artiste, au vieux penseur; il a peur de se rouiller et je suis certain que nous ne tarderons pas à le voir réintégrer la butte. Tant mieux. O Paris! Gustave Nadaud l'a dit :

Infidèle maîtresse
Qu'on veut quitter et qu'on reprend toujours.

EUGÈNE BAILLET.

Le chansonnier Charles GILLE

Au maître chansonnier Gustave Nadaud.

Mon cher ami,

Charles Gille est le nom d'un chansonnier de grand mérite, et ce nom, qui fut un moment célèbre, va chaque jour s'effaçant de la mémoire du peuple; encore quelques années et l'oubli l'emportera, comme il en a emporté tant d'autres si nous ne le sauvons pas.

Je choisis le moment où la chanson prend une allure et une désinvolture que nous ne lui connaissions que par les hors-d'œuvre de certains chansonniers, pour te retracer la vie et te rappeler les œuvres de ce poète populaire, pour qui la chanson était une mission.

Tu vivais dans un monde très différent du sien, mon cher Nadaud, où ses refrains n'arrivaient qu'indirectement et comme des échos affaiblis : c'est pourquoi je suis heureux de te faire connaître comment sont nées ces chansons qui ont fait leur tour de France sur l'aile du succès et n'ont laissé le nom de leur auteur que dans la mémoire de quelques fervents amis.

Ah! les chansonniers d'aujourd'hui ne se donnent pas tant de peine, ils ramassent tous les sujets que leurs devanciers ont jugé trop peu dignes d'être chantés, et, leur talent aidant, car le talent ne leur manque pas, ils ont vite trouvé un auditoire pour les applaudir. Aussi nous entendons dire chaque jour : la chanson se meurt, la chanson est morte : *u, i, ni*, adieu Béranger !

Je réponds : adieu Béranger, c'est possible, il a remué la France pendant vingt ans avec ses refrains, il y a soixante ans de cela, sa part est faite, à d'autres ; mais si Béranger et les chansonniers de son école ont cessé de plaire, la chanson n'est pas morte pour cela, et elle ne peut mourir en France, elle fait partie de notre vie. C'est par elle que chaque époque traduit ses sensations, ses aspirations, ses événements. Il est donc logique qu'elle se transforme, qu'elle change d'allure et de voix, et il ne faut pas s'étonner du mouvement qui se produit de ce côté depuis quelques années et révolutionne nos amis de la Lice et du Caveau. Il faut constater ce qui existe, c'est de la statistique.

Ah ! s'il s'agissait d'apprécier, de comparer la chanson d'hier à celle d'aujourd'hui, je ne serais peut-être pas de l'avis de M. Ernest Lefèvre, qui met Jules Jouy au-dessus de Béranger (c'est imprimé) je dirais que les brutalités *modernes* me font parfois regretter *le vieux jeu* et que *la Ballade des Derrières froids* de Mac-Nab ne me fera pas oublier *le Bataillon de la Moselle* de Charles Gille, voire même la plus modeste pastorale de Pierre Dupont.

Mais je le répète : je constate; et la chanson, loin d'être morte, ne me paraît avoir jamais été plus fêtée que depuis quelques années; elle a changé de forme et de but, voilà tout : plusieurs journaux parisiens publient quotidiennement des chansons, il y en a de très remarquables; si on ne les chante, pas c'est que celle d'aujourd'hui fait oublier celle de la veille.

Les étalages des libraires sont émaillés de volumes des néo-chansonniers dont les noms commencent à se faire jour dans le public. Ces recueils, aux couvertures multicolores et chatoyantes, sont édités luxueusement... et... ils se vendent; on les demande en librairie; ce qui ne se produisait plus depuis longtemps pour les volumes de chansons.

Ajoutez à cela que des critiques bien notés crient bravo et que les premières maisons musicales publient lesdites chansons en grand format avec de superbes dessins ; elles ont leurs petites et grandes entrées dans la clientèle la plus aristocratique du noble faubourg, comme dans les caboulos du Bou'-Mich'. Donc on chante, la chanson existe. Le Chat-Noir, un café artiste où le public paraît beaucoup s'amuser, est le grand foyer d'où est partie la chanson du jour, il a donné son nom au genre.

Un fait à l'appui :

Un de nos maîtres chansonniers dont tu connais bien le nom, mon cher Nadaud, se trouvait dernièrement dans un des magasins de musique des mieux fréquentés. Une dame du *meilleur monde* était là feuilletant les romances, une belle jeune fille accompagnait la dame : — Maman, lui dit-elle de l'air le plus sérieux : *surtout prends du Chat-Noir.*

Vous le voyez : le Chat-Noir littéraire est le grand inspirateur du jour. Cela durera-t-il? le temps est un bon juge et mon modeste avis est que le genre Chat-Noir est en littérature ce que le Boulangisme était en politique. — Tais-toi, Nadaud, la parole est à M. Xanrof pour nous dire : *la Ballade des Michés* ou à M. Mac-Nab qui nous fera entendre *le Clyso-Pompe*, cela se termine par ces deux vers suaves, adressés à une dame :

Si bien qu'en m'éveillant j'étais bien convaincu
D'avoir toute la nuit contemplé...........

Le vers est tout entier dans le volume.

Voilà certes des titres et de la poésie délicieusement *modernes.*

Revenons à Charles Gille.

Ce prolétaire remarquable naquit à Paris le 6 janvier 1820. A six ans ses parents le mirent à l'école mutuelle de son quartier, d'où il sortait à douze ans pour entrer en apprentissage. Sa mère était corsetière; elle le fit coupeur de corsets, profession qu'il exerça longtemps. Doué d'une intelligence peu commune et qu'il s'appliquait à cultiver par la lecture assidue des poètes, des historiens et de tous les bouquins que le hasard lui procurait, Charles Gille, à seize ans, la tête pleine de chansons, rimait correctement. Si la forme laissait parfois à désirer, la pensée était déjà claire et originale.

En 1839, il chante à ses amis : *la Fête des Champeaux*, œuvre de revendication d'un sentiment très élevé. Le chansonnier a trouvé sa forme et sa voie, il sait encadrer ses sujets. Si la scène de la chanson se passe au seizième siècle, les allusions sont saisissantes, et c'est au nom des opprimés du jour que le poète se fait entendre.

Le tambourin a réveillé nos plaines;
Sous ces ormeaux,
Sur ces coteaux
Si beaux.
Dansez, bourgeois, varlets, vilains, vilaines,
C'est aujourd'hui la Fête des Champeaux.

Thémis des grands se fait la protectrice,
C'est en tremblant que j'implore les lois,
La prison touche au Palais-de-Justice
Pour le manant qui réclame ses droits.

Mon fils est mort en défendant la cause
D'un peuple ingrat qui semble l'ignorer :
Je ne sais pas où sa cendre repose,
On me défend même de le pleurer.

Dès ce moment Gille ne s'arrête plus; il produit sans cesse; les sujets les plus divers abondent sous sa plume. Une pensée géniale le guide : il veut enseigner au peuple ouvrier, qui vient l'écouter et l'applaudir dans les réunions chantantes, l'histoire de la Révolution française en chansons. Il commence la série par *le Vengeur*, et bientôt tout Paris chante :

> Les marins de la République
> Montaient le vaisseau le Vengeur.

Puis viennent successivement *le Départ de la Garde nationale en 1792*, *la Trente-Deuxième demi-brigade*, *le Bataillon de la Moselle*.

Voici cette chanson, qui a été dénaturée dans plusieurs éditions, copiée sur le manuscrit autographe de Charles Gille :

LE BATAILLON DE LA MOSELLE

Avertissant les plus lointains échos,
Comme une immens' crécelle ;
Marchant d'aplomb sous les glorieux lambeaux
D'sa bannière immortelle :

V'là l'bataillon d'la Moselle
En sabots,
V'là l'bataillon de la Moselle !

Pour arm's des fusils d'la veille encor chauds,
Là-d'ssus l'soleil ruisselle ;
Nos sabr's, la preuv' que nous n' somm's pas manchots
N'tien'nt que par un' ficelle :

V'là l'bataillon d'la Moselle
En sabots,
V'là l'bataillon d'la Moselle !

Rois, galonnez vos hussards si farauds
Des talons à l'aisselle.
Ils s'enfuiront devant nos bleus sarraux
Dont la tram' se décèle :

V'là l'bataillon d'la Moselle
En sabots,
V'là l'bataillon d'la Moselle !

Eh quoi ! conscrit, tu song'rais aux coteaux
D'la provinc' maternelle ;
Fixe plutôt tes r'gards sur nos drapeaux,
La France, où donc est-elle ?

V'là l'bataillon d'la Moselle
En sabots,
V'là l'bataillon d'la Moselle !

Quoi ! tu voudrais par toi, par tes suppôts,
Continuer ta tutelle ;
Va, royauté, cach' tes vieux oripeaux,
Car tu crèv'ras demoiselle :

V'là l'bataillon d'la Moselle
En sabots,
V'là l'bataillon d'la Moselle.

Mon général, comm' ces canons sont beaux,
Qu'la r'doute enn'mie est belle !
Vous devriez nous ach'ter l'tout en gros,
L'affair' vous convient-elle ?

V'là l'bataillon d'la Moselle
En sabots,
V'là l'bataillon d'la Moselle !

La Républiqu' n'est pas un d'ces vains mots
Qu'on trait' de bagatelle ;
Nous jurons tous de n'mettre l'sac au r'pos
Qu'ell' n' soit universelle :

V'là l'bataillon d'la Moselle
En sabots,
V'là l'bataillon d'la Moselle !

Cette chanson n'est qu'une esquisse, mais c'est l'esquisse d'un grand tableau. Gille en lui donnant la note populaire voulait la rendre plus accessible au public ouvrier des sociétés chantantes.

Chaque chanson a son but, sa portée ; c'est plein de hardiesse et de vigueur, d'un coloris superbe. Tout cela vit, marche et vous empoigne. Ce n'est pas Béranger, ce n'est pas Debraux, ce n'est pas Nadaud, ce n'est pas Pierre Dupont, c'est Charles Gille; ce n'est pas un écho, c'est une voix. Il a parfois des refrains étranges — comme celui-ci :

Je n'ai le temps d'aimer personne,
Vendez-moi de l'amour tout fait.

Au nombre des chansons les plus remarquables de Charles Gille, il faut citer encore : *l'Histoire de la Chanson, le Cabaret de Ramponneau* :

C'est là, regardez ces bandes
De buveurs autour des pots;
On jurerait des guirlandes
De rouges coquelicots.
Pas de figures sournoises,
De cafards... surtout pas d'eau
Vivent les chansons grivoises
Et le vin de Ramponneau!

Pas de prêtre qui dédaigne
De visiter ledit lieu,
Car on voit sur son enseigne
Le fantôme d'un vieux dieu.
Il est là, bravant les noises
A cheval sur un tonneau.
Vivent les chansons grivoises
Et le vin de Ramponneau!

le Bataillon d'Afrique, la Taverne des Hussards, la Prostituée, Ma Plume, Rabelais, l'Artiste :

Ah! qu'il soit révéré!
Qu'il soit gai, rêveur ou triste :
Laissez passer l'artiste :
Son caprice est sacré!

Trois Compagnons et un Savetier, la Payenne, Napoléon, le Bataillon des Prisons :

Comm' la canaill' ne doit pas s'perpétuer
Dans un Etat vraiment démocratique,
Par un décret paternel, authentique,
L'gouvernement nous permet d'nous faire tuer.

Otez-vous d'là, voyons, pas tant d'raisons,
A l'avant-garde
Vieux, ça nous r'garde,
Otez-vous d'là, voyons, pas tant d'raisons,
Place au bataillon des prisons!

Le sujet de cette chanson dénote une puissance d'imagination incontestable et grandiose : ceux que la société a rayés de ses rangs et qui demandent, au jour où la patrie est en danger, à se faire tuer pour elle et racheter ainsi leurs fautes. Ce cadre est admirable.

Dans la chanson satirique Gille est aussi un maître, sa *Lettre au Commissaire,* qui a fait fermer une goguette, est d'une grande virulance. En voici un couplet sur sept :

Des ventrus qui dorment aux Chambres
Nous irons troubler le repos,
Nous montrerons les antichambres
Où l'on marche sur nos drapeaux.
D'après ces quatre vers calcule
Tout le fiel que nous amassons.
On tue avec le ridicule.
Monseigneur, prends garde aux chansons.

Si j'avais la place qui me manque j'aurais encore vingt citations intéressantes à faire. Cependant il faut relater *les Mineurs d'Utzel.*

Quoi de plus caractéristique : Charles Gille a 22 ans, il travaille manuellement pour vivre, et déjà toutes les questions politiques et sociales sont familières à cet ouvrier.

Riche ou pauvre devrait-on naître?
Pourquoi ces démarcations?
Égaux en droits, on devrait n'être
Que les fils de ses actions.
Nous ne voulons pas le partage,
Mais c'est injuste l'héritage...
C'est le chant des mineurs d'Utzel,
Chant fraternel.

Les compositions poétiques et charmantes dans leur grâce toute juvénile, où se reflète le côté sentimental de leur auteur, ne manquent pas dans le recueil de Charles Gille : *la Cloche fêlée*, *Faustine la coquette*, *le Bengali*, *Pâques-Fleuries*, *Mon pays c'est ton cœur*, et vingt autres. *La Fée aux aiguilles* est une charmante page de cet album, la voici :

LA FÉE AUX AIGUILLES

La tête encor toute échauffée
Par un conte de l'Orient,
J'ai voulu créer une fée
Au visage frais et riant,
Aux mains alertes et gentilles,
A taille au gracieux contour;
C'est pourquoi la fée aux aiguilles
Un beau matin m'a dû le jour.

Elle fréquente la mansarde
Que le vent cherche à lézarder :
Au toit où le travail s'attarde
On la voit aussi s'attarder.

Quand s'endorment de pauvres filles,
Que harcèle un travail sans fruit,
La petite fée aux aiguilles
Abrège leur tâche sans bruit.

A l'ouvrière nonchalante,
Elle dit : fais ce que tu dois.
De l'enfant vive et pétulante
Souvent elle pique les doigts.
Des vieux moutiers ouvrant les grilles,
Aussitôt que l'aurore a lui,
La petite fée aux aiguilles
Des nonnes vient charmer l'ennui.

Honte à qui déserte la route
Que la vertu trace au travail ;
Sait-on plus tard ce qu'il en coûte
Pour rentrer à l'humble bercail ?
Eh quoi ! céder pour des vétilles,
L'honneur, bien si doux à garder...
Toujours à la fée aux aiguilles,
On devrait le recommander.

La vie de Charles Gille fut triste. Seul, l'amour de la chanson y fit pénétrer quelques jours heureux. Nature très droite et très indépendante, cet homme vaillant et courageux ne recula devant aucun labeur pour vivre honorablement. On l'a vu travailler dans une fabrique de blanc de céruse ; plus tard il traîna une voiture dans les rues de Paris, en qualité de garçon de magasin, et, dans les dernières années de sa vie, il donnait des leçons de français et d'écriture, à raison d'un franc le cachet. Ses élèves demeuraient plus souvent au sixième étage qu'au premier : cela donne une idée des ascensions qu'il devait accomplir pour arriver à gagner cent francs par mois.

Ses chansons ne lui rapportaient rien : les éditeurs Eyssautier et Durand le rétribuaient à raison de cinquante centimes le couplet. — J'ai là ces comptes écrits de sa main. Seul l'éditeur Vieillot fit tomber quelques pièces blanches dans la poche du chansonnier.

Le milieu dans lequel Charles Gille eût trouvé un entourage fraternel et susceptible de l'aider à se produire au grand jour de la publicité sérieuse, et à tirer ainsi profit de son talent, ne lui était pas accessible : l'argent lui manquait, il subissait la misère, mais il ne se plaignait pas. Il a eu des relations suivies avec Béranger, qui l'appréciait beaucoup et le citait souvent comme un vrai chansonnier, et jamais le vieux poète ne l'a entendu proférer une plainte. Nadar a placé Gille dans la rarissime et précieuse feuille intitulée *Le Panthéon Nadar* : il y figure avec son inséparable pipe.

C'est fatigué des cahots de la vie, désenchanté et doutant de lui-même, qu'un matin, le 24 avril 1856, après avoir soldé un petit compte de deux francs — son unique dette — à un boutiquier voisin, Gille se pendit dans sa chambre, au moyen d'une corde : il avait laissé la clef sur sa porte, et quand Mme Ketly s'aperçut de l'accident, il était mort depuis une heure.

Gille était d'un naturel gouailleur, son rire était sarcastique et le fond de son caractère était sombre. Le regard vague de ses yeux noirs dénotait une préoccupation constante :

était-ce la lutte contre la pensée du suicide? Cependant il avait su créer autour de lui un groupe d'amis très sympathiques et d'un dévouement absolu. Parmi les chansonniers nous le considérions comme notre maître, la première place était pour lui partout; il fallait donc qu'il fût bien las de la vie et de la lutte pour qu'il nous quittât volontairement à trente-six ans!

Les cent cinquante chansons de Charles Gille sont disséminées dans des publications oubliées ou des feuilles volantes; je les ai toutes retrouvées et réunies en un volume manuscrit. Il y a là une œuvre qui compte dans l'histoire littéraire et philosophique du XIXe siècle et qu'il faut sauver de l'oubli.

Charles Gille a composé une vingtaine de musiques pour ses chansons, ce sont des *airs* presque tous devenus populaires. On lui doit aussi un acte en vers, pétillant de verve et d'esprit, intitulé *le Barbier de Pézenas*; il a été publié dans le journal *le Témoin*, rédacteur en chef Henry Lecomte.

Voilà, mon cher Nadaud, en abrégé, l'homme et les œuvres, c'est-à-dire un vaillant citoyen et un grand chansonnier.

Quand le moment sera venu de publier les chansons de Charles Gille je te demanderai un mot pour les présenter au public, tu ne l'as pas refusé à Pottier, tu ne le refuseras pas non plus cette fois, parce que tu es, mon cher Nadaud, tant pis pour ta modestie, non-seulement un maître chansonnier, mais un homme dont le cœur est à la hauteur du talent.

EUGÈNE BAILLET.

Louis-Marie PONTY

Chiffonnier, forgeron, etc.

Le nom de Ponty n'est pas souvent arrivé aux oreilles du public; ce n'était pas moins un vrai poète du peuple et un chansonnier de la bonne école; c'est à ce double titre que nous lui devons une place dans notre galerie. Le nom de ce prolétaire mérite de ne pas descendre avec lui dans la fosse commune... Qui s'occupera des nôtres si nous les oublions nous-mêmes?

Combien de rimailleurs sans conscience et sans but sont arrivés par adresse ou circonstance à produire leurs œuvres dans tous les recueils à Paris et en province avec leur portrait et leur peu intéressante biographie, et dont le bagage littéraire est bien au-dessous de celui de Ponty. Souvenons-nous des humbles et ne passons pas devant leur tombe sans y déposer la fleur du souvenir.

Louis-Marie-Ponty était né en 1803 à Paris, le 26 janvier. Ses parents étaient des artisans aussi honnêtes que pauvres; il était tout jeune encore quand son père mourut; sa mère n'avait pas de métier, elle fut tour à tour marchande des quatre saisons, blanchisseuse, femme de ménage. Ponty avait une sœur aînée, cela faisait trois personnes à vivre sur le gain de la pauvre mère, heureusement que son courage était assez grand pour dominer sa malheureuse situation, aussi Ponty, à soixante-dix ans, parlait-il encore de sa mère avec des larmes dans la voix.

Dès que l'enfant eut l'âge de tenir un outil, c'est-à-dire neuf ou dix ans, on l'envoya dans les ateliers... Où a-t-il appris à lire?... Il n'en sait rien. Il ne se souvenait, en fait d'instruction, que de quelques leçons d'écriture que lui donna un bon voisin, ancien Conventionnel du nom de Bréard, devenu herboriste, qui l'avait pris en amitié.

« Je me souviens de ce brave homme avec
« grand respect, disait Ponty qui aimait à
« rappeler ce souvenir; il chantait toujours
« en arrosant de nombreux pots de fleurs
« qui ornaient la devanture de sa boutique;
« on le vénérait dans le quartier, cependant
« les commères se le montraient en disant :
« C'est un Jacobin! Jamais il ne donnait son
« avis sur les événements du jour. Il fermait
« religieusement sa boutique le dimanche,
« mais il n'allait pas à la messe; sa figure
« était belle et son ensemble imposant. »

Les seules paroles de cet ex-président de la Convention, restées dans la mémoire de Ponty, sont celles-ci : « Apprends bien, mon enfant; si les hommes étaient plus instruits, ils ne seraient peut-être pas si méchants! »

Ce vieux Conventionnel ouvrant ainsi son cœur à un pauvre enfant à qui il apprend à écrire dans une arrière-boutique d'herboriste, voilà un joli tableau de genre à faire.

L'atelier n'était pas ce qu'il fallait au jeune Ponty, le travail libre avant tout convenait seul à sa nature un peu bohémienne quoique courageuse; quelques sous pour acheter du pain et des livres, c'était le bonheur! A vingt ans il était chiffonnier, ce qui ne l'empêchait pas d'avoir déjà une *bibliothèque* composée de livres achetés sur les quais et chez les marchands de bric-à-brac. Il avait lu en partie Voltaire et Rousseau et connaissait assez pour en causer les philosophes du dix-huitième siècle.

Quand Viennet de l'*Académie française* publia son *Épitre aux chiffonniers* qui fit un certain bruit, Ponty lui répondit par une lettre que j'ai sous les yeux, lettre pleine de bon sens et bourrée de citations littéraires... Ce chiffonnier de vingt-deux ans répondant à un académicien ne manque pas d'originalité et montre chez ce jeune citoyen une parfaite conviction de l'égalité des hommes devant la raison.

Ponty avait déjà rimé une *Epître à Voltaire*, un poème en trois cents vers intitulé : *La Religion ou les Erreurs de quelques-uns et la mienne*; une jolie pièce sur *la Mort du général Foy* et un grand nombre de chansons qu'il chantait dans les goguettes d'alors, où trônaient Debraux, Réné Faivre, Dauphin et autres rois, tous amis du poète.

Il y a bien là, comme on doit le penser, quelques couplets en l'honneur du *grand homme*, mais c'est avant tout l'esprit voltairien qui domine; cela est bien rimé et rythmé.

Ne fallait-il pas une nature d'élite et une volonté de fer pour être arrivé à ce résultat dans le milieu où vivait Ponty?

En 1826 nous le retrouvons tireur de soufflet d'un forgeron poète qui se nommait : Berges de la Vernoze; ce dernier allait publier un recueil de chansons sous ce titre qui sent bien son 1826 : *le Paladin*. Ponty est admis à l'insigne honneur d'y collaborer; être imprimé! ô bonheur! et puis, bonheur bien plus inespéré, une de ses chansons, le *Chiffonnier du Parnasse*, est chantée partout, on l'entend sur les places publiques et dans les sociétés chantantes. En voici le premier et le dernier couplet :

Las de végéter dans la classe
Des rimailleurs gagne-denier,
Je viens de grimper au Parnasse
Et m'en suis fait le chiffonnier.
J'ai pris, ce qui n'est pas trop bête,
Pour croc la plume de Panard
Et le crâne d'un vieux poète
Pour lui servir de *Corbillard*.

....

Des favoris de notre scène
Si je trouve un jour les écrits,
Je veux, content de cette aubaine,
Honorer ces divins esprits.
Quant à ces œuvres trop légères,
Dont nous sommes assassinés,
Je les conserverai, mes frères,
Pour en faire des... torche-nez.

Ponty publia à cette époque dans différents recueils : *Mon ombre, Travail et Plaisir*, *Point d'hyménée*, *Défense de la barbe* et quantité d'autres couplets qui ne manquent pas de valeur, puis continuant à lire et à étudier, le joyeux chansonnier, qui touchait à la trentaine, se métamorphosa tout-à-coup et ne produisit plus que des œuvres sérieuses. Il correspond dès lors avec Béranger, Michelet, George Sand, il s'affilie à la famille Saint-Simonienne et s'occupe avec amour de toutes les questions philosophico-politiques à l'ordre du jour, qu'il discute et enseigne avec toute l'ardeur d'un néophyte, par des articles dans le *Bon Sens* et autres journaux de la même nuance, et lorsqu'en 1840, Olinde Rodrigues révéla au monde politique et littéraire la pleïade des poètes de l'atelier par la publication des *Poésies sociales des ouvriers*, Ponty, qui a trois pièces importantes dans ce livre, fut un des plus remarqués.

Il est vrai qu'il y avait une antithèse tellement grande entre sa poésie et sa situation, que la surprise était bien naturelle.

Quand on avait lu des vers pleins de vigueur et de lyrisme comme ceux-ci, dédiés à son ami Gauny ;

Quand ta lyre, Gauny, saintement prophétique,
A ton hibou module un concert séraphique,
Qui rend la vie aux morts et l'espoir aux mourants,
En leur montrant cette vie éternelle
Toujours plus sainte et sans cesse plus belle,
De la bonté de Dieu le plus doux des présents
Qu'il fait à toute âme immortelle,
Ainsi que le disent tes chants ;

Qu'importe ! ai-je dis-tu, besoin de la connaître,
Tout est éternité, rien ici n'est à naitre,

Tout respire, tout gît, au sein même de Dieu,
Soleil, ciron, tout est de son royaume;
Dans l'univers il n'est pas un atôme
A venir ou venu, qui ne prouve son feu.
Toi même es plein de son arôme,
Et l'infini c'est le Saint-Lieu.

et qu'on arrivait à la signature, on était tenté de croire à l'imposture en lisant : *L. M. Ponty, ouvrier en vidanges*. Rien n'était cependant plus vrai. Quand on faisait remarquer à Ponty ce qu'il y avait de répugnant dans ce métier : — Bah! répondait-il, on n'y pense pas! et puis j'ai toutes mes journées à moi pour aller bouquiner sur les quais ou pour écrire en plein soleil! Mais ses amis s'insurgèrent contre cette situation, et, bon gré mal gré, il accepta un petit emploi au chemin de fer. Aussitôt en place, il envoie à son vieil ami Mathelin, resté dans le chiffon, une chanson où se peint sa pensée entière et vivace :

. . . .

Te rappelant ce chien et ce loup maigre
Par Lafontaine autrefois célébrés,
De l'employé plus esclave qu'un nègre
Avec raison tu plains les fers dorés.
Un coup de plume éteint son existence,
Toi, mon vieux loup, heureux quoique moins gras,
Nul n'a de droit sur ton indépendance.
Ton métier libre, oh! ne le quitte pas!

Laisse-les donc t'insulter dans la rue,
Vrai lazaronne aussi libre que l'air,
Va! *tout outil n'est qu'un poignard qui tue*
La Liberté, de nos biens le plus cher...

. . . .

Ponty se maria, il eut une fille ; son amour pour son enfant était de l'adoration... A sept ans l'enfant mourait... Sa douleur fut tellement vive que ses amis craignirent pour sa raison ; il ne pouvait se faire à l'idée de ne plus voir sa fille.

Son amour de père, doublé de son imagination de poète, lui inspirèrent une façon de vaincre en partie la mort :

Il coupa les beaux grands cheveux blonds du cher petit être, puis, prenant une feuille de carton sur laquelle il posa, toute déployée, la dernière robe portée par l'enfant, il étendit dessus, en les plaçant à la hauteur de la tête, ces cheveux, laissés flottants dans toute leur longueur, sur lesquels il ajusta une petite couronne blanche, rapportée par l'enfant un jour de distribution des prix, et, mettant le tout dans un cadre qu'il suspendit au pied de son lit, jusqu'à sa dernière heure il eut devant les yeux sa fille vivante, âgée de sept ans, dans la position d'un enfant qui marche à quelques pas devant vous.

L'étrangeté de ce tableau vous serre le cœur quand on le regarde. Mais il a été la consolation du vieux poète et la pensée qui l'a fait naître contient un immense amour.

Depuis plus de trente ans que Ponty appartenait aux ateliers du chemin de fer, il n'avait cessé d'écrire des vers ou des chansons, voire même de la prose très originale. Il y a dans tout cela beaucoup d'œuvres remarquables, qui seront à coup sûr perdues comme tant d'autres, c'est le sort le plus habituel de ces sortes d'écrits... peut-être, un jour, dans cinquante ou soixante ans, si le feu ne s'en mêle pas, quelque fureteur bibliographe découvrira-t-il ces cahiers chez un marchand de bric à brac ou en possession de quelque ignorant qui les aura trouvé dans le tiroir d'un vieux buffet, acheté trois francs, à l'hôtel des ventes, et surpris du ton particulier de ces vers, cet ami des lettres fera de ce pot-pourri littéraire un article très intéressant par les citations des poésies inédites du brave Ponty.

Sa note poétique est rugueuse et vibrante : c'est bien le poète du peuple, l'accent est convaincu, le mot parfois un peu dur ; le style c'est l'homme. c'est vrai encore cette fois — ce vieux lutteur était irascible et tout en lui, jusqu'au timbre de sa voix, rappelait le beau truand du seizième siècle.

L'âge n'avait en rien altéré ses facultés ; chaque soir, en revenant de l'atelier, il employait trois et quatre heures à lire ou écrire, rien ne lui était étranger dans le cercle de ses moyens : les tableaux, il ne manquait jamais sa visite annuelle au Salon — les livres nouveaux, — il avait lu jusqu'à l'*Assommoir*, qu'il appelait l'œuvre d'un scélérat, tout l'intéressait ; et les trois francs cinquante qu'il gagnait par jour... après trente ans de bons services, ô administration généreuse ! passaient plutôt chez les bouquinistes et les libraires que chez le tailleur ou le marchand de vin.

Les emplois qu'il occupait dans les ateliers

du chemin de fer étaient pénibles et dangereux. Ponty n'était pas homme à se faire valoir, les réclamations n'allaient pas à sa nature où dominait la belle fierté plébéïenne. Je gagne autant d'argent que j'en dépense, disait-il, on ne peut pas être plus riche, et il continuait sa fonction de *perceur de trous.* Plusieurs fois il fut blessé en travaillant, c'était l'hôpital, cela ne l'effrayait pas; et pendant que nous pensions entre nous : en sortira-t-il? lui nous disait : ça me repose un peu d'être ici, et ses yeux brillant de finesse et de pénétration éclairaient d'un doux sourire la bonhomie de son visage qu'encadrait admirablement une éclatante barbe blanche.

Ponty habitait depuis très longtemps un petit logement dans un coin isolé des Batignolles, un logement n'est pas le vrai mot, on devrait dire une caisse de livres au milieu de laquelle il restait juste assez de place pour se mouvoir; les casiers en planches touchaient à terre et montaient jusqu'au plafond. Là, l'œil ne rencontrait rien autre chose que des in-8°, des in-12 et les petits in-16 de Didot. Il y avait des livres de médecine, des journaux de la première Révolution, des Magazine, des poètes, là Pelletan cotoyait Proudhon, son ennemi intime, etc. — Le vieux poète savait où posait la moindre feuille de ce capharnaum. C'est là qu'il mourut le 24 décembre 1879, après quelques mois de maladie.

Cette bibliothèque, précieuse pour son possesseur, était nulle au point de vue de la vente ; le tout fut acheté cent soixante francs. C'est le seul héritage laissé par ce courageux et studieux prolétaire après soixante années de travail !

Les idées de Ponty étaient républicaines socialistes, et à soixante-quinze ans il les exprimait encore avec toute la verdeur d'un jeune homme.

Ce brave vieillard était l'ami de tous ses compagnons d'atelier. Aussi étaient-ils nombreux à son enterrement, malgré la neige et le temps affreux qu'il faisait ce jour-là. Sur le bord de la fosse, un ami de trente ans prononça le dernier adieu en quelques mots venus du cœur et écoutés avec recueillement : c'était celui qui signe cette notice et garde avec vénération le souvenir du vieux poète travailleur.

François BARRILLOT

Ouvrier Imprimeur à Lyon et à Paris.

Quelle existence que celle de ce pauvre poète ! car c'était un poète, un vrai et un courageux. Il a écrit ses vingt mille premiers vers, tant à Lyon qu'à Paris, sans avoir touché un sou du produit de sa plume; il entassait poèmes, chansons et drames en cinq actes et en vers, par amour de la poésie et pour satisfaire aux ardeurs de son imagination fiévreuse.

Barrillot n'avait fait aucune étude, il fut forcé de tout apprendre seul; quel travail! que de veilles, que de privations pour arriver à se procurer les livres indispensables au développement de la pensée, quand on la sent bouillonner dans son cerveau, chauffée à blanc par l'enthousiasme de la jeunesse et de la conviction !

François Barrillot est né à Lyon en 1819. A sept ans il entrait dans une imprimerie où il gagnait dix sous par jour pour douze heures de travail. Il devint ouvrier, et, les circonstances aidant, vers 1840, il débarquait dans la capitale suivi d'une femme. Un enfant ne tarda pas à augmenter les charges du poète, mais il était vaillant, et il s'attela au travail vite et avec acharnement. Barrillot avait déjà semé de jolis vers dans les journaux de Lyon ; il continua à Paris, et il fut bientôt en relations avec les maîtres de ce temps-là : Béranger, Lamartine, Victor Hugo lui prodiguèrent les plus grands encouragements ; il fut reçu chez eux et chaudement félicité.

L'harmonie et la couleur qui éclatent dans les vers de Barrillot et la générosité des pensées avaient surtout séduit Béranger, qui le protégea particulièrement et le fit placer à l'Imprimerie alors royale, nationale aujourd'hui, où il resta, en qualité d'imprimeur, jusqu'en 1849.

Il en sortit pour avoir exprimé trop hautement ses opinions politiques : Barrillot était républicain-socialiste, et ce mot : socialiste, dont le plus timide candidat bourgeois se pare aujourd'hui, était à cette époque un épouvantail ; la réaction en cette année 1849 reprenait la domination qu'elle avait eu l'air d'abandonner en 1848, encouragée par une Chambre et un Ministère rétrogrades. Le 2 Décembre était déjà dans la pensée du prince-président Bonaparte, qui n'avait juré fidélité à la République que pour l'étrangler plus facilement ; quand on est prince, il faut être jésuite.

Pendant les cinq années qu'il avait passées à l'imprimerie du gouvernement le poète avait utilisé toutes ses soirées et souvent une partie des nuits à écrire ; il perfectionna son style, et sa forme prit de l'ampleur et de la clarté. Le côté mystique de ses premières poésies disparut peu à peu et fit place à des œuvres plus en rapport avec le milieu où il vivait. *La Ruche populaire* inséra de Barrillot des satires très belles.

Depuis 1842 il faisait partie de la Lice chansonnière; aussi de temps en temps il écrivait de jolies chansons. *La Tombe de l'Enfant*, *le Doigt du Temps*, *Hiver maudit*, sont de ce temps-là. Son amour de la chanson n'a pas été stérile. Barrillot lui doit de très jolis succès. *Le Bonhomme Chopine* est resté dans toutes les mémoires :

Garçon, apporte une chopine
De vin de l'an passé,
Mûri sur la colline
Où ma nourrice m'a bercé.
Voyons, sers-moi, pas de harangue.
Le vin rend mes esprits moins lourds:
C'est un long ruban de velours
Qui se dévide sur ma langue.

Eh! garçon, sacrebleu,
Tu me fais une triste mine.
Apporte encore une chopine :
Il faut bien boire un peu
Les bonnes larmes du bon Dieu !

Darcier a écrit la musique de cette chanson et d'une dizaine d'autres de Barrillot qui doivent être comptées au nombre des plus applaudies du maître chanteur.

On connait dans toute la France *le Printemps veut qu'on aime* et cette charmante ballade :

Verse plein, verse encore,
Belle hôtesse aux yeux bleus,
Le soleil dore
Le vin des gueux.

Quoi de plus poétique que *les Bords de la Maine?* et la villanelle *le Départ de Pierre* et *la Chanson des Etoiles*, et *la Chanson des Hirondelles* qui est restée si populaire :

LA CHANSON DES HIRONDELLES

Adieu, pays des lauriers roses,
Où dans les fleurs écloses,
Chantent les colibris.
Sous le chaume, au toit des tourelles
Nous revenons fidèles
Chercher nos vieux abris.

Nous les hirondelles frileuses
Nous avons traversé les mers
Et des cités tumultueuses
Nous revenons peupler les airs.
Notre aile noire fuit le givre,
Notre duvet craint les autans;
Avec l'homme nous aimons vivre
Et nous ramenons le printemps.

Des palais aux vastes arcades,
Où les rois se tiennent blottis,
Sous l'acanthe des colonnades
Nous voyons naître nos petits.
Et pendant que la sentinelle
Veille au seuil de la royauté
Nous fendons l'air à grand bruit d'aile
Et nous chantons la liberté.

Nous aimons la vieille mansarde
Où la marjolaine est en fleurs,
Où l'ouvrière nous regarde
Avec des yeux mouillés de pleurs.
Il suffit à notre famille
D'une mouche ou d'un vermisseau.
Elle! bien tard pousse l'aiguille
Pour nourrir son fils au berceau.

Quand nous rasons les cheminées
Des prisonniers, pauvres martyrs,
Hélas! nous sommes consternées
De leurs sanglots, de leurs soupirs.
Ainsi que vous, les hirondelles,
Hommes, construisent leurs maisons,
Mais elles s'aiment trop entre elles
Pour se construire des prisons.

L'air sur lequel cette chanson s'est popularisée est une composition de Barrillot. Il a écrit ainsi une douzaine d'airs pour autant de ses chansons, qui regrettablement n'ont jamais été notés, de par l'insouciance de leur auteur. Ces musiques sont mélodieuses et charmantes de rêverie ; elles sont perdues.

Mais le poète n'empêchait pas l'ouvrier d'être attaché à sa presse. Il a successivement travaillé dans les premières maisons d'imprimerie lithographique, notamment chez Sapenne et rue Racine. Ce n'est que vers 1855, à la suite d'un accident grave, qu'il lui fut impossible de continuer sa tâche de travailleur manuel.

Dès ce moment Barrillot dut vivre de sa plume : cela n'est pas commode à un poète. Mais bah! il lui fallait si peu de chose pour vivre.

Barrillot avait donné son premier volume de vers au public en 1855, il a pour titre *la Folle du Logis*. C'est grâce à des souscriptions amicales que ce livre a vu le jour. Les idées mystico-panthéistes de son auteur y sont très accusées; on n'y retrouve que de loin en loin le poète lutteur. Cependant quelques pièces : *Jeanne Misère*, *Judaël Capital* et *le Forgeron fantastique* portent bien leur marque démocratique; mais la fantaisie domine dans la plupart de ces poèmes, en voici un très remarquable.

LA VIERGE AUX LARMES

Dans nos sentiers humains, que le printemps caresse,
Où l'homme encore enfant poursuit des papillons,
Avez-vous rencontré, belle de sa tristesse,
La jeune Eolida, la vierge enchanteresse,
De qui les pieds légers effleurent nos sillons?

Comme on voyait jadis la brune Canéphore,
Portant sur ses cheveux sa corbeille de fleurs,
Courber un bras de neige autour de son amphore,
La blanche Eolida, fraîche comme l'aurore,
Dans une urne d'onyx va recueillir nos pleurs.

Plus belle qu'Astarté, pieds nus elle chemine
De l'Equateur brûlant au neigeux Labrador.
Chaque fleur devant elle avec amour s'incline;
Le soleil qui la voit franchir val et colline,
Fait sur ses noirs cheveux pleuvoir ses rayons d'or.

Elle parcourt les mers sans conque ni trirème
Et glisse sur les flots comme les fils de Dieu.
Pour tous les malheureux son amour est extrême,
Elle a pour tous les maux un dictame suprême
Et fait rayonner l'âme au moment de l'adieu.

Prompte comme l'éclair, elle arrive à toute heure
Dans les lieux attristés par des cris douloureux :
Que ce soit un palais, une pauvre demeure,
Qu'importe, Eolida, de tout être qui pleure,
Met les pleurs dans son urne et les emporte aux cieux.

Sous la tente au désert, dans la grotte enfumée
Et couverte de neige où gît le Kamschadal,
Dans la hutte brahmine et de fleurs embaumée,
Partout Eolida, la vierge bien aimée,
Tend son calice d'or au ruisseau lacrymal.

Sa voix a la douceur d'une flûte divine,
Quand il faut consoler la veuve et l'orphelin,
Elle amène l'espoir au sein de la chaumine,
Et sa forme céleste aisément se devine
Sous les plis ondoyants de sa robe de lin.

A tous les parias que le monde abandonne,
A tous les prisonniers las de s'exaspérer,
Elle dit quelques mots de sa voix qui pardonne,
Et fait tomber sur eux les fleurs de sa couronne,
Dont le parfum console en faisant espérer.

Dans les mornes greniers, où l'hiver impassible
Dessine, en grelottant, sur les vitres, des fleurs,
Où la chair se bleuit à son souffle insensible,
La vierge aux larmes prend, de sa main invisible,
Les perles de glaçons qui, la veille, étaient pleurs.

Puis, suspendant enfin sa course vagabonde,
Dirigeant vers les cieux son vol démesuré,
Elle s'arrête aux pieds du Créateur du monde
Et dit, en répandant son amphore profonde :
L'urne est pleine, Seigneur, ont-ils assez pleuré !...

Tout cela est plein de fleurs, de soleil, d'oiseaux, de brises embaumées; toutes ses œuvres éclatent de poésie, d'idéal, et, anomalie étrange, leur auteur vivait dans des trous noirs, sans air, n'ayant généralement que la fumée d'une pipe, qui ne le quittait pas, pour parfum ; je l'ai connu habitant, rue des Singes, un grenier : on y est bien à vingt ans, oui, Béranger a raison, mais Barrillot avait deux fois vingt ans, et encore faut-il y posséder Lisette, *vive et jolie avec un frais chapeau*. La Lisette de l'auteur de *la Caravane humaine* était certainement plus fidèle que l'autre, mais elle était grasse, jaune, sans jeunesse, d'un laisser-aller déplorable, ce qui n'empêchait pas Barrillot, dont l'imagination était prodigieuse, de lui parler, dans les vers les plus éthérés, de la vie éternelle et des ciels où il proclamait haut qu'il la reverrait un jour.

Nous le retrouvons ensuite rue Maître-Albert ; là il avait su trouver la plus fétide chambre et la plus infecte maison ; puis rue Saint-Jacques, où il habita longtemps un logement sombre. C'est là qu'il composa presque entièrement *les Vierges*, entre un poêlon égueulé dans lequel chauffait en permanence un marc gris de café noir, que l'on buvait dans un verre gris aussi, servi par la compagne dont j'ai parlé plus haut ; elle poussait des exclamations de bonheur à chaque strophe que le poète couchait sur le papier, et on oubliait ainsi que la pendule qui devait marquer l'heure des repas était arrêtée. *O sainte bohème*, tu n'es pas belle ainsi, il te faut la jeunesse, le grand air et le soleil.

Barrillot vivait alors par la pensée dans un monde invisible, le désordre qui l'entourait ne lui apparaissait pas, il respirait le parfum des fleurs de son imagination et restait complètement étranger à l'odeur fétide qui l'entourait; il est vrai que la misère mène à l'oubli de toutes choses. Oh! mes amis les poètes-ouvriers, ne laissez pas l'outil s'échapper de vos mains!

Cependant il y avait dans cette maison de la rue Saint-Jacques un ménage d'artistes que Barrillot aurait dû prendre pour modèle : le père, aqua-fortiste de talent, n'avait pas encore de nom, il attendait souvent la commande d'un éditeur ou d'un directeur de journal, et l'on n'était pas riche.

Mais ce tout modeste intérieur était l'opposé de celui du chansonnier, ici on sentait l'ordre, la bonne direction, l'amour de l'intérieur, la famille enfin!

Cet artiste de grand mérite était Léopold Flameng; il avait alors un jeune enfant, c'est le remarquable peintre de tant d'œuvres populaires, entre autres *la Prise de la Bastille*.

Barrillot a été deux fois récompensé par l'Académie française, il le méritait, son bagage littéraire est considérable : l'imagination toujours en éveil il produisait sans cesse.

Il a publié : *La Folle du logis*, *la Caravane humaine*, *les Vierges*, *les Vierges du foyer*, soit quatre volumes de vers; il faut ajouter : *Lettre de Jean Populus à Pie IX*, brochure en prose très remarquable; *la Mort du Diable*, pièce fantastique en 6 actes; *un Portrait de maître*, un acte en vers représenté à l'Odéon; *le Myosotis*, un acte, aussi représenté. On doit ajouter encore à cette nomenclature : un grand nombre de pièces de vers parues dans *l'Appel* et autres journaux d'alors, et une traduction en vers des *Lusiades* de Camoëns, publiée dans *la Revue des races Latines*.

Il a laissé en manuscrit : *deux cents sonnets*, dont il voulait faire un volume ; *le Donjon de Vincennes*, drame en cinq actes, œuvre très mouvementée, et tout cela est resté aux mains de la femme de Barrillot après la mort du poète ; elle est morte aussi. Où est tout cela ?

Malgré ce travail prodigieux, Barrillot ne put vivre de ses écrits ; les dernières années de son existence furent pénibles, en dépit du dévouement de ses amis qui n'avaient qu'un défaut : c'était de n'être pas riches eux-mêmes.

Il faut citer parmi ceux qui ont le plus aidé Barrillot en donnant des soirées à son profit, ou en provoquant des souscriptions en sa faveur, le chansonnier Etienne Ducret : sa courageuse amitié usait de tous les moyens en son pouvoir pour adoucir les souffrances morales et matérielles du vieux poète. Il a souvent apporté le pain qui manquait sur la table en partageant le sien. Ducret a montré dans cette circonstance toutes les qualités fraternelles de son cœur ; nous l'avons tous apprécié et je suis heureux de lui témoigner publiquement notre reconnaissance.

Tout cela n'a pas empêché Barrillot de mourir dans une misère noire, le 11 décembre 1874, dans une chambre plus noire encore de la rue Saint-Séverin.

Qu'a-t-il manqué à cet homme dont les sentiments étaient grands, dont le talent était incontestable? pourquoi cette existence décousue et misérable? il a manqué à Barrillot une direction, un entourage, un but!

Sur le bord de la fosse commune du cimetière d'Ivry où nous l'avons conduit, c'est M. Lacombe, le compositeur érudit et distingué qui a prononcé l'adieu.

Barrillot avait un fils, élevé à la diable, il vient de mourir, tout ce qui touchait au poète est mort, seules ses œuvres sont là pour défendre sa mémoire. Il a lutté, il a souffert et sa voix s'est toujours élevée pour soutenir la cause des humbles et des opprimés; c'est peut-être parce qu'il a tant pensé aux autres qu'il ne s'est pas occupé de lui.

Mme Elisa FLEURY, Brodeuse
Mme Elie DELESCHAUX, Fleuriste

Chers confrères et amis lecteurs, nous allons dans ce chapitre nous occuper de deux sœurs en poésie, qui toutes deux n'ont jamais eu d'autres ressources que le travail manuel.

Douées l'une et l'autre d'un véritable talent poétique, elles ont laissé des œuvres remarquables tant au point de vue de la pensée que de la forme : elles appartiennent de droit à notre galerie.

C'étaient deux enfants de Paris, deux vraies Parisiennes, natures gaies et sensibles, courageuses et parfois un peu insouciantes.

Ce ne sont pas les seules femmes dont les voix se soient mêlées au concert vibrant que les poètes-ouvriers ont fait entendre. Les départements en ont vu se produire un certain nombre : Reine Garde, la couturière d'Aix; Rose Harel, la servante de Lisieux; Antoinette Quarré, la lingère de Dijon, et plusieurs autres à qui nous consacrerons un article spécial.

Parlons d'abord de Mme Elisa Fleury, à qui nous devons toute une série de jolis petits poèmes chantants dont plusieurs ont eu les honneurs de la popularité, car la chanson n'est point une muse ingrate, elle procure à ceux qui l'aiment une bien douce récompense : celle de s'entendre chanter. Le poème reste dans le livre, la chanson s'envole et court les rues et les champs. Vive la chanson ! et qu'on l'avoue ou non, on est toujours heureux d'entendre un gamin qui passe près de vous en fredonnant un refrain dont vous êtes l'auteur.

Nous connaissons tous une ravissante chanson, que Villé, un artiste de beaucoup de talent, chante souvent aux soirées classiques de l'Eden-Concert : *le Réveil-matin;* toute la France la sait :

Ma vieille tante Gribiche,
En fermant les yeux,
Ne laissa, n'étant pas riche,
Rien de précieux.
Hier on fit le partage
Du pauvre butin,
Et j'eus pour tout héritage
Son reveil-matin.

Or, cette samaritaine
Vient mal à propos :
Il faut à ma soixantaine
Beaucoup de repos.
Pour que le sommeil m'abrège
Un triste destin,
Voyons à qui donnerai-je
Mon réveil-matin ?

Ce petit clerc de notaire,
Que je vois là-haut,
A, dit-on, beaucoup à faire,
C'est ce qui lui faut.
Mais il lorgne la voisine,
Brune à l'œil mutin,
Qui lui tient lieu, j'imagine,
De réveil-matin.

Plus bas, quelle joie éclate ?
Bon, j'ai deviné :
L'heureux ménage d'Agathe
Compte un premier né.
Dieu, quand il met sur la terre
L'ange ou le lutin,
Attache au cœur d'une mère
Un réveil-matin !

Il y a comme cela huit couplets où le sujet se déroule en rendant hommage aux meilleurs sentiments, cela est fort joli de composition et de poésie.

Comme je l'ai dit, Mme Elisa Fleury était née à Paris, le 10 février 1795. Elle était, par sa mère, la petite-fille de Vadé, non devant la loi, mais devant la nature. Vadé eut un fils naturel qui se maria et devint le père de la mère à Mme Fleury. Il n'était donc pas étonnant qu'elle eût le caractère enjoué et qu'elle fût d'un naturel caustique, elle savait de qui tenir.

Vers sa douzième année, une voisine intelligente, dont elle ne parlait qu'avec des larmes dans la voix, lui apprit à écrire —

elle savait lire — et la prit comme apprentie de son métier de brodeuse, métier lucratif en ce temps-là.

La jeune fille devint bonne ouvrière; elle demeura avec sa mère, qu'elle aidait de son travail, jusqu'en 1821. Un prétendant à sa main se présenta : il fut accepté. Mais ce mariage ne fut pas heureux, le mari manquait de conduite, il fallut se séparer. Déjà Elisa Fleury avait aligné des rimes, mais pour elle seule.

Une circonstance se présenta qui lui fournit un emploi au Théâtre des Variétés. Voilà cette jeune femme enjouée au milieu d'un monde d'artistes capables de juger et heureux d'entendre les vers et les couplets qu'elle écrivait chaque jour.

Ses premières chansons furent applaudies par Vernet, Odry, Brunet, Lefèvre et autres joyeux artistes de ce bon temps où le vaudeville plein de rire et d'esprit eut tant de succès.

Mais un jour la direction du Théâtre des Variétés changea. L'emploi d'Elisa Fleury fut supprimé. Reprendre l'aiguille et le chemin de l'atelier, était le moyen le plus honnête de se tirer d'affaire : c'est ce que fit Elisa Fleury. Puis, à quelque temps de là, nous la voyons femme de confiance dans une maison bourgeoise. Ses « maîtres », c'est le terme consacré, sont des gens intelligents et de bonnes manières — elle est matériellement heureuse — mais elle ne sent pas moins le collier si lourd de la domesticité qui lui pèse. Alors elle écrit, et, croyante, elle exprime en bons vers les pensées consolatrices de la vie future, comme opposition à sa vie présente :

Oui j'ai besoin qu'une riante image
Vienne parfois retremper mes esprits.
Quand les chagrins énervent mon courage
J'élève au ciel mes regards attendris.
Pauvre isolée, au bonheur étrangère,
Oui, l'amitié là-haut me tend les bras...
Je reverrai mes amis et ma mère :
C'est mon espoir, ne le détruisez pas!

Quand fatigués de la misère humaine
Nous murmurons contre un destin fatal,
Si nous cédons à l'envie, à la haine,
D'où vient la voix qui nous dit : tu fais mal?
L'homme de bien, fort de sa conscience,
S'il a lutté peut sourire au trépas...
Il est au ciel un Dieu qui récompense :
C'est mon espoir, ne le détruisez pas!

Vers 1832 Mme Fleury reprends son aiguille de brodeuse pour ne plus la quitter. En 1834 elle se présenta à la Lice chansonnière, une Société littéraire et chantante qui venait de se former et comptait parmi ses membres les plus joyeux et les meilleurs chansonniers de ce temps.

Mais une femme, une seule, dans une société d'hommes ! les sociétaires étaient fort embarrassés. Le règlement n'avait pas prévu ce cas. Mme Fleury vint un soir à une réunion et dit : « Messieurs, acceptez-moi, *je suis un bon garçon* et il n'y aura qu'*un camarade* de plus parmi vous. » Elle fut admise par acclamation et, pendant vingt-huit ans, c'est-à-dire jusqu'à sa mort, le 28 décembre 1862, elle a tenu parole. Elisa Fleury n'était ni jolie ni coquette ; elle avait les traits masculins ; seuls ses yeux étaient beaux d'expression et d'intelligence. Quant à sa toilette, c'était la grande simplicité des ouvrières de 1840. Elle figure, au milieu du groupe de la Lice chansonnière de 1862, coiffée de son beau *bonnet des dimanches*.

Comme on l'a vu, Elisa Fleury eut l'existence mouvementée et parfois très dure des femmes du peuple. Dans ses dernières années elle gagnait péniblement sa vie, cependant elle vivait de peu. Quand le travail manquait elle devenait morose et soucieuse ; mais devant un visage ami, une bonne parole, sa philosophie reprenait le dessus, puis elle confiait ses peines à la fée Poésie et cela lui procurait la consolation et le courage.

Les œuvres de Mme Elisa Fleury se composent de plusieurs poèmes intitulés : *Veillées chez ma grand'mère*; *le Havre*, et d'une cinquantaine de chansons. Une partie en a été réunie en un volume-album publié en 1854 par l'éditeur-artiste Gabriel de Gonet. L'autre partie se trouve dans les volumes de la Lice chansonnière et dans les *Poésies sociales des ouvriers*.

Ce bagage littéraire est important quand on pense que son auteur l'a produit au milieu de la perpétuelle lutte pour la vie.

Voici encore une de ses jolies chansons qui a été fredonnée un peu partout :

L'ARTISAN ET LES OISEAUX

Doux chantres de la nature,
Petits oiseaux, tout l'été,
Je vous donnais la pâture,
Vous m'apportiez la gaîté.
Les beaux jours vont disparaître
Mais mon cœur vous est connu :
N'oubliez pas ma fenêtre
Quand l'hiver sera venu.

Nous avions de douces choses
Pour déjeuner sans façons,
Vous du pain frais sous mes roses,
Moi des fruits et vos chansons.
De notre commun bien-être
Pour toucher le revenu,
N'oubliez pas ma fenêtre,
Quand l'hiver sera venu.

Que de fois, pauvre malade,
J'ai quitté mon oreiller
Pour vous payer d'une aubade
Qui m'aidait à travailler!
Vous qui jeuneriez peut-être
Sous les yeux d'un parvenu,
N'oubliez pas ma fenêtre
Quand l'hiver sera venu.

Votre gaîté vive et franche
Peut combattre les autans.
Mais moi dont le front se penche
Verrai-je encor le printemps?
J'attends l'arrêt du grand maître,
S'il ne m'est pas parvenu,
N'oubliez pas ma fenêtre
Quand l'hiver sera venu!

Causons maintenant de Mme Elie Deleschaux, dont le souvenir est encore si jeune dans la famille des poètes de l'atelier.

Mme Elie Deleschaux est née au centre de Paris, dans une maison de la cour Batave, dans le quartier joyeux, turbulent et travailleur des Halles, le 25 septembre 1824.

La cour Batave était un passage où l'on arrivait d'un côté par un escalier étroit et tortueux qui formait l'extrémité de la rue de Venise, un nom bien joli pour une rue bien laide, et où l'on entrait de plain-pied par la rue Saint-Denis.

Cette cour était toujours pleine d'enfants qui jouaient, criaient et couraient au milieu des caisses de marchandises que déballaient ou emballaient les nombreux négociants dont était peuplé ce coin pittoresque et typique du vieux Paris.

La petite Deleschaux n'était pas la moins gamine de ces groupes. Grimper sur les voitures à bras, y déchirer ses jupes était sa principale occupation, puis vint l'heure de l'école primaire et celle de l'apprentissage, qui, alors, sonnait toujours, pour les enfants de la classe ouvrière, entre la onzième et la douzième année. L'enfant devint une ouvrière habile, et, un jour, étant jeune fille, un hasard lui mit sous les yeux les *Poésies d'Alfred de Musset*. Ce fut pour elle une révélation. Traduire sa pensée en vers, communiquer ses impressions, comment arriver à cela? et je commençai à noircir du papier, dit-elle.

Mais ses essais étaient informes, elle le

sentait bien. Pauvres enfants du peuple, que de peines ils se donnent pour vaincre dans ce combat aux prises avec l'idéal qui les tourmente et l'impuissance des moyens que l'instruction ne leur a pas donnés.

Ce ne fut que vers sa trentième année que Mlle Deleschaux, devenue Mme Elie Hirtz, se trouva dans un milieu où tout lui fut enseigné : les règles de la versification et l'art de tourner le couplet, feu sacré qui ne demandait depuis longtemps que l'étincelle de la circonstance pour se produire. Ce milieu, c'était la goguette.

La goguette, ou plutôt les goguettes étaient des cabarets où l'on ne venait pas pour boire, mais pour chanter ou entendre chanter. Il y avait là toute une pléïade de poètes-chansonniers qui ont laissé des œuvres populaires et littéraires. Ils se nommaient Charles Gille, Gustave Leroy, Victor Rabineau, Alexandre Pister, Joseph Evrard, Hippolyte Ryon, René Ponsard, Bonnefond, etc. Chacun de ces auteurs travaillait avec conscience et, dans la mesure de ses moyens, mettait toujours sur pied des chansons d'une certaine valeur. Cette façon de produire est l'opposé de celle des *chansonniers* des concerts d'aujourd'hui : ces derniers ne s'occupent que de savoir si leurs couplets rapporteront des droits d'auteur, le côté littéraire leur importe peu.

Mme Elie, dès qu'elle parut à la goguette, y fut bien accueillie et ses succès y furent rapides, elle avait tout pour cela : un aspect agréable, une voix bien timbrée, un entrain en diablé dans la conversation, un sourire qui faisait naître la gaîté partout où il s'arrêtait, et, complément plein de charmes, les chansons qu'elle chantait étaient jolies, citons :

MAMAN BONNE-AVENTURE

Sous un vieux marronnier respecté par le temps,
Jadis se rassemblaient les enfants d'un village.
La doyenne y tenait la veillée au printemps
Et du bel âge d'or renouvelait l'image.
Près de son banc d'honneur se groupait une cour
Qui n'avait pour tapis qu'un tertre de verdure.
Amour, joie, amitié régnaient en ce séjour,
C'est que là présidait maman Bonne-Aventure.

Maman Bonne-Aventure avait quatre-vingts ans.
Par un constant labeur sa taille était ployée
Un bâton servait d'aide à ses pas chancelans
Point de fils pour marcher à son bras appuyée.
On l'aimait, la plaignait elle plaisait à tous.
Elle avait douce voix et plus douce figure.
On vantait son esprit sans en être jaloux
Car l'amour seul guidait maman Bonne-Aventure.

Maman Bonne aventure, on la nommait ainsi,
Car ses prédictions étaient autant d'oracles ;
Commandait le respect, le méritait aussi,
Et conciliatrice elle fit des miracles.
Elle donnait espoir aux pauvres amoureux,
Saluait leurs projets d'un favorable augure,
Ceux qu'elle avait unis se disaient tous heureux
Et chacun consultait maman Bonne-Aventure

Maman Bonne-Aventure avait de gros trésors,
Des trésors de récits de légendes bien sombres ;
Et quand elle contait il arrivait alors
Que l'esprit évoquait de fantastiques ombres.
On voyait s'approcher l'effrayant loup-garou
Dont elle dépeignait les traits et la tournure ;
On entendait le cri du funèbre hibou
Elle contait si bien, maman Bonne-Aventure.

Maman Bonne-Aventure était très pauvre, hélas!
Malgré sa bonne humeur, un jour, c'est triste à dire,
Elle manqua de pain on ne le savait pas
Car fière elle cachait la faim sous un sourire.
On aurait pu prévoir, éviter ses douleurs,
Pourtant on se souvint qu'enfant de la nature
Elle avait adoré quatre-vingts ans les fleurs,
Et sous les fleurs on mit maman Bonne-Aventure.

Voilà de la grâce dans le sentiment. Le sentiment est la note dominante dans les œuvres de Mme Elie. Ses principales chansons sont : *Enfants, voici Noël; Pomme et Raisin; Mademoiselle Utopie; Fleurs et Douleurs; Ni jamais ni toujours; Conseils à mon fils; Seize ans; Ouvrez votre porte aux amours.* Cette dernière est une villanelle toute poétique, elle commence ainsi :

J'ai pour vous dès l'aube, ma belle,
Ravagé les épais buissons,
Et dans l'aubépine nouvelle
J'ai déniché de gais pinsons.
Pauvres petits ils vous appèlent,
Votre cœur est-il sans pitié?
Et dans les notes qu'ils épèlent
Ils vous diront mon amitié.

C'est le premier mai, douce amie,
Ah! revêtez vos blancs atours,
En vain vous faites l'endormie,
Ouvrez votre porte aux amours.

Comme Mme Fleury, c'est dans les heures volées au travail que Mme Elie écrivait, car son métier de fleuriste demande beaucoup d'assiduité pour procurer la vie; ces habiles ouvrières, qui font concurrence au printemps en produisant des fleurs aussi jolies que les siennes, vivent péniblement du produit de leur travail.

Mme Elie était d'un caractère très enjoué, luttant contre les mauvais jours, qui ne manquent jamais à l'ouvrier, avec une philosophie sage, où l'espoir du lendemain perçait toujours. La poésie fut sa grande consolatrice, c'est à elle qu'elle a dû les heures les meilleures de son existence. Le contact de ses confrères en couplets était son grand bonheur, elle était pour tous un *bon camarade*. Dire une de ses chansons, serrer une main amie, elle était riche! Il faut que le pauvre crée son bonheur.

Le plus dur moment de la vie de cette aimable femme fut l'année 1871. Mme Elie avait un fils, il avait fait son devoir de citoyen pendant la guerre; la Commune arriva, il fut mêlé au mouvement... puis arrêté. Pauvre mère! que de tristesse, que de souffrances!

Le fils était brave, fier de ses convictions, il les défendit devant le Conseil de guerre. Une condamnation s'ensuivit et les douleurs de la mère grandirent encore dans ce cœur déjà si éprouvé.

Ah! si l'on ne meurt pas sur le coup de ces brutalités du sort, on n'en est pas moins frappé mortellement!

A cinquante ans, Mme Elie écrivit la chanson suivante sous le modeste titre de :

LETTRE A MES AMIS

Je vous fais part d'une nouvelle
Qui ne vous étonnera pas :
J'ai cinquante ans ! la chose est telle.
J'y veux croire. Il le faut, hélas !

L'âge vient réclamer sa dette :
Il faut l'acquitter simplement,
Et bon gré mal gré (c'est charmant !)
Sous son ordre courber la tête.

Ah ! que vous durez peu d'instant,
Jeunesse, grâce, insouciance !
La vieillesse, sans qu'on y pense,
Vient nous dire : Il est cinquante ans.

Donc je vais devenir maussade,
Ne plus m'amuser de vos jeux.
Mon esprit est déjà malade.
Mon regard a perdu ses feux.
Les Ninons, rares en ce monde,
Ne laissèrent pas leur secret ;
Mais je vieillis sans le regret
D'une boucle plus ou moins blonde.

Je fais appel à ma mémoire :
Le passé remplit le présent ;
L'avenir, qui donc ose y croire ?
On craint l'ennui que l'on pressent.
L'indifférence, ah ! triste chose !
Seule tu pourrais m'attrister...
Mieux vaut encor te regretter,
Temps qui passas comme la rose.

Longtemps j'eus peur de la vieillesse :
Je croyais (ce n'était pas bien)
Que, par égoïsme ou faiblesse,
Étant vieux, on n'aimait plus rien.

Mais j'aime encore un frais ombrage,
Un bon livre, un bouquet gentil,
Une soirée au franc babil :
J'aime surtout un gai visage.

Si, miracle ou métamorphose,
On m'offrait de me rajeunir,
Non, dirais-je, non, et pour cause :
Je veux encor, je veux vieillir.
Tout bonheur n'est pas éphemère.
Et j'aspire après le moment,
D'entendre d'un enfant charmant.
Ces mots si doux : « Bonjour, grand'mère! »

Ah! que vous durez peu d'instants,
Jeunesse, grâce, insouciance!
La vieillesse, sans qu'on y pense,
Vient nous dire : Il est cinquante ans.

Cette chanson n'est pas un chef-d'œuvre, mais elle porte en elle un ton de sincérité et de bonhomie qui la rendent intéressante.

J'aurais pu montrer le talent de Mme Elie sous ses côtés plus gais, mais je l'ai dit, sa dominante est le sentiment. Ce n'est pas la facilité qui lui manquait cependant. on peut en juger par cet extrait d'une fantaisie intitulée : *La Moustache noire*. C'est le portrait de celui qui la portait.

Il parlait d'amour à la diable
Comme on en parle au régiment.
Il était drôle et très aimable.
Et savait rire au bon moment.

Il folâtrait de l'une à l'autre,
Egrenant des propos joyeux.
Je craignais peu le bon apôtre
Et bravais l'éclair de ses yeux.

De ses yeux dont la folle ivresse
Promettait amour et bonheur,
Cherchant un retour de tendresse,
Qui faisait battre plus d'un cœur.

Chacune prenait pour soi-même
— On a son grain de vanité —
Ce regard qui disait : je t'aime!
Tout innocemment... l'effronté.

Vous ai-je dit qu'il était brave,
Qu'il était fier comme un amant,
Qu'il était très gai, puis très grave,
Qu'il était... beau? non... mais charmant »

Au commencement de l'hiver de 1886, Mme Elie, dont la santé était chancelante depuis longtemps, tomba malade. En même temps que la maladie, la gêne vint s'asseoir au foyer de l'ouvrière. Mais la goguette est une famille qui prend soin des siens et elle vint au secours de la vieille camarade dans la mesure de ses moyens, on organisa plusieurs soirées à son bénéfice. Je relève sur un des programmes : La soirée sera présidée par Eugène Baillet, assisté des chansonniers J. J. Evrard, Edouard Legentil, Hippolyte Ryon et Barbotin, maître des chants de la Lice chansonnière.

Aucun ne manqua au rendez-vous, plus de cinquante chansonniers étaient réunis ce soir-là dans la salle de la rue Saint-Maur.

Le 10 février 1887, Mme Elie mourait, elle avait soixante-trois ans. Le cortège fut nombreux à son enterrement, où, selon son désir formellement exprimé, en revenant du cimetière, un groupe d'amis se réunit et avant de se séparer chacun d'eux fit entendre une chanson de la vieille amie.

Voilà tout ce que nous avons à dire, chers lecteurs, touchant ces deux muses plébéiennes : Mme Elisa Fleury et Mme Elie Hirtz Deleschaux.

Elles ont vécu à Paris, où perdues au milieu des poètes-ouvriers, qui sont en très grand nombre dans la capitale, elles n'ont pu attirer sur elles les regards particuliers du public. Si elles eussent habité quelque petite ville de province, leur entourage leur eût certainement tressé les modestes couronnes de roses et de myosotis qui ont orné le front de leurs sœurs en poésie.

Leurs œuvres, à défaut de leurs noms, ont obtenu quelque succès, c'est la récompense la plus douce au poète !

Louis VOITELAIN

IMPRIMEUR A PARIS

—

Voitelain ne fut pas seulement un poète, mais un penseur. Sa muse consolait et faisait espérer : toutes les souffrances qu'il a chantées il les avait connues ; elles avaient été les pâles compagnes de sa jeunesse et de son âge d'homme. Toutes les espérances qu'il a semées sur les chemins où marchent les déshérités, il les a éprouvées. Il ne faudra donc pas s'étonner si l'on trouve, dans les citations qui vont suivre, certaines phrases rugueuses, acerbes même, c'est leur cachet d'honnêteté et de sincérité. Un jour Poncy, le poète de Toulon, étant de passage à Paris, disait à Béranger : « Je voudrais bien connaître Voitelain. — Allez le voir, lui répondit le vieux chansonnier, c'est un vrai poète et je ne connais pas de plus honnête homme. »

Comme la plupart des chansonniers dont les œuvres se sont répandues en France depuis une soixantaine d'années, Voitelain était ouvrier. C'était un homme sobre et laborieux. Il était né à Paris en 1798, le dixième enfant d'une famille qui vivait péniblement du fruit de son travail ; à huit ans, il entrait dans une fabrique, exposé à avoir une main broyée à la moindre imprudence, ou à tout autre accident que l'ignorance du danger rend presque inévitable à l'enfant. A treize ans, il était orphelin et continuait à gagner sa vie par tous les moyens difficiles, qui seuls sont à la disposition de celui qui n'a pas eu le temps d'apprendre un métier. Vers sa vingtième année, il se fit imprimeur : état qu'il ne devait plus quitter. C'est à ce moment de sa vie que l'amour de la poésie se révéla en lui.

Les sociétés chantantes étaient alors de création nouvelle et très fréquentées: les demi-dieux de ces joyeux temples avaient noms Saint Gille, Festeau, Dauphin, René Faire, Perchelet, mais le grand prêtre était Debraux, et c'était justice, car ses succès seuls lui avaient conquis sa réputation et son titre.

C'était un dieu facile à aborder que Debraux. Voitelain se fit son ami, et bien lui en prit, car d'ignorant qu'il était des moindres règles de la versification, en peu de temps il se trouva à même de produire des chansons correctes, grâce aux bons conseils de l'auteur de *la Colonne*.

Dans un recueil du temps, (vers 1822), intitulé *le Paladin*, publié par Berges de Lavernoze, un brave forgeron qui rimait en tirant son soufflet, nous trouvons des chansons de Voitelain: elles sont joyeuses et écrites dans l'esprit voltairien que Béranger répandait dans l'air de cette époque. Voici un couplet de *La Mère Bastien* :

Mère Bastien, pourquoi sans cesse
De Lise blâmer les amours?
Lorsque le printemps la caresse,
Laissez-la jouir des beaux jours.
Les traits que Cupidon lui lance
S'émousseront avec le temps;
Mère Bastien, de l'indulgence :
Rappelez-vous de vos vingt ans!

C'est vers ce temps-là qu'il fit aussi la jolie chanson *le Père Gérôme*, où l'on trouve un couplet purement bonapartiste; — on disait alors libéral.

Quand Erigone à nos cerveaux
Inspirait son délire,
Nous remettions à nos chapeaux
Les couleurs de l'Empire,
Puis au Kremlin
Gérôme enfin
Nous charbonnait le dôme.
Ah! que j'ai bu
De vin du cru
Chez le père Gérôme!

Nous allons voir plus loin le poète apprécier lui-même ses illusions politiques de 1825.

Voitelain fréquentait alors le Gymnase-Lyrique; c'était une société de premier ordre, rivale du Caveau moderne, où brillaient de toute la verve de leur jeunesse des maîtres chansonniers tels que Salgat, Édouard Dugas, Garien, Henri Simon, etc. C'est là que Voitelain chanta sa spirituelle chanson : *le Roi René*, qui fut insérée dans un des volumes publiés par la société.

Joyeux lurons,
Jeunes tendrons,
De l'allégresse
Et vive la jeunesse !
Formez des ronds
Et ma vieillesse
Du temps qui presse
Oublira les affronts.

Loin de me craindre, on me chante et l'on m'aime ;
Chaque flacon se vide à ma santé.
Si mon printemps connut le diadème
Mes cheveux blancs connaîtront la gaîté.

Jusqu'en 1830, les chansons de Voitelain sont gaies, spirituelles, railleuses. Mais le mouvement des journées de Juillet a mis autre chose dans les têtes : c'est alors que le vrai Voitelain, celui dont les œuvres nous restent, va se produire. Les idées humanitaires sont dans les cœurs, chacun cherche, essaye ; des sociétés populaires se forment pour répandre la foi nouvelle, pour exprimer la plainte, pour faire entrevoir le but.

La chanson serait une voix bien puissante, pour éparpiller la bonne parole mais quel est-il celui qui possède cette voix ? Béranger ? Oui, mais il ne veut s'affilier à aucune société ni en recevoir d'ordre ; Voitelain entreprend la tâche.

C'est alors que nous devons admirer cette volonté courageuse ; le poète, il est vrai, est dans toute la verdeur de son âge et de son talent, mais la famille est venue et, pour rester honnête homme, il faut penser au devoir avant de penser au droit.

Voitelain, après avoir passé tout le jour le pied sur sa pédale d'imprimeur, passait une partie de la nuit la plume à la main. Quelle tâche!... car alors il ne s'agissait plus d'une bluette pour amuser ses amis, mais de satires militantes transformées en couplets ayant à défendre un principe. C'est-à-dire qu'il fallait joindre à la netteté de la pensée la pureté de la forme, et Voitelain, nous l'avons dit, ne savait que ce qu'il s'était appris lui-même ou ce qu'on n'enseigne pas. C'est durant cette période de 1830 à 1840 que sont nées les chansons : *le Sauvage*, avec ce puissant refrain :

« Je ne sais pas ramper devant un maître ;
« Gardez vos dieux, vos plaisirs et vos fers. »

Mon âme, *la Bohémienne*, *le Proscrit aux États-Unis*, les *Adieux au village*, *Souvenirs d'enfance*. Le poète se souvient de ses anciens refrains, et dit à ses amis nouveaux :

Vous qui cueillez les palmes du martyre,
Républicains, comptez-moi dans vos rangs.
Si j'ai chanté les fastes de l'Empire,
Je ne suis pas l'esclave des tyrans.
Des grands je hais la bonté dérisoire ;
Accueillez-moi malgré ma pauvreté ;
Si mon printemps applaudit à la gloire,
Pour mes vieux ans j'attends la liberté !

Nous pouvons citer encore parmi ces poèmes chantés : *Va, pauvre Paul, va défendre ton roi!* à David d'Angers :

« Ah! donne-nous, donne-nous leurs portraits!

N'oublions pas non plus *le Déménagement*, une chanson charmante, *le Modéré*, *le Garde forestier*, et surtout *la Grand'mère*; un pur chef-d'œuvre ; ce chant de revendication, cette plainte résignée, n'a de similaire dans la poésie française que le sombre chant de Béranger, *Jacques*. La voici toute entière :

LA GRAND'MERE

Un jour, quand j'étais tout petit,
Que je pleurais à perdre haleine,
Ma grand'mère à bas de son lit
Sauta, malgré sa soixantaine:
Puis me prenant entre ses bras
Pour m'apaiser me dit tout bas :

Dodo, mon petiot,
Tu n'es pas au bout de ta peine,
Dodo, mon petiot,
Garde des larmes pour tantôt.

Ton père, mon pauvre chéri,
Qui maintenant t'aime, t'embrasse,
Quand tu poussas ton premier cri
Fit une piteuse grimace ;
Il avait raison, sur ma foi!
On se serait passé de toi.

Dodo, mon petiot,
Dieu n'a rien mis dans ta besace,
Dodo, mon petiot,
Garde tes larmes pour tantôt.

Hier, d'un fléau destructeur
La violence fût extrême;
Tout est grêlé... le percepteur
Assure qu'on paîra quand même.
De par le ciel, de par l'impôt,
Rien dans la huche et rien au pot!

Dodo, mon petiot,
Nous allons faire un long carême.
Dodo, mon petiot,
Garde tes larmes pour tantôt.

Tu jeuneras plus d'une fois...
Lorsque tu reçus l'existence
Tes cinq aînés, qui sont au bois,
Avaient déjà maigre pitance.
Un eût suffi, mais six...hélas!
Guillot, le riche, n'en a pas.

Dodo, mon petiot,
Ta mère en a fait pénitence.
Dodo, mon petiot,
Garde tes larmes pour tantôt.

Hâte-toi de grandir pourtant,
Ton appétit fait du ravage!
Une bêche est là qui t'attend,
Pour apprivoiser ton courage.
L'école!...il n'y faut pas songer.
Avant de lire il faut manger.

Dodo, mon petiot,
Pas de hochets pour ton jeune âge,
Dodo, mon petiot,
Garde tes larmes pour tantôt.

Le bon Dieu qu'il faut adorer,
Bien que parfois sa foudre gronde,
Créa le soleil pour dorer

Les grains que la terre féconde :
De grands mangeurs, pour leurs sillons,
Ont accaparé ses rayons.

Dodo, mon petiot,
Il ne luit pas pour tout le monde.
Dodo, mon petiot.
Garde tes larmes pour tantôt.

Plus maltraité que la fourmi
Qui, l'hiver, se repaît au gîte,
Le pauvre, par l'âge blêmi,
N'est plus qu'une plante maudite.
L'arbre sans fruit qu'on met à bas
Meurt, mais du moins ne languit pas.

Dodo, mon petiot,
Les malheureux vieillissent vite,
Dodo, mon petiot,
Garde tes larmes pour tantôt.

Quand tu seras père à ton tour,
Au lieu d'écouter ta colère ;
Lorsque du fruit de ton amour
La plainte sera trop amère ;
A sa clameur pour mettre un frein,
Rappelle-toi de mon refrain :

Dodo, mon petiot,
Je le tiens de feu mon grand-père ;
Dodo, mon petiot,
Garde tes larmes pour tantôt.

Vers 1845, la fatigue avait vaincu l'énergie du poète, il ne pouvait plus travailler. Mais ses enfants avaient grandi et, dignes d'un tel père, ils entouraient de soins la vieillesse du poète qui ne leur avait donné que de bons exemples durant sa laborieuse carrière de travailleur.

La raison du poète s'altéra : Voitelain avait un intime employé à la maison de Bicêtre ; on le confia à ses soins. Hélas! ils furent inutiles ; il mourut le 11 décembre 1852, et le nombreux et sympathique cortège qui l'accompagna au cimetière de Neuilly, où il repose, est la preuve des regrets qui l'y ont suivi.

Nous étions en pleine terreur bonapartiste et l'on dut se donner rendez-vous par petits groupes échelonnés et ne se réunir pour suivre le convoi qu'à la barrière de l'Etoile, afin de ne pas encourir les rigueurs de la police.

Voici une chanson qui donnera la mesure du talent de Voitelain plus que nous ne saurions le dire, c'est le complément de *la Grand'mère*, elle retrace en termes énergiques la situation du pauvre dans sa vieillesse. Son refrain est terrifiant.

Cette poésie est datée 1836 — depuis, il est vrai, on a multiplié les maisons de retraite, c'est un bien petit résultat pour une espace de près de soixante années. La grande tâche de la République est de détruire la misère, et non de créer des maisons pour les misérables ; c'est cependant un adoucissement. Espérons. Voici la chanson :

LE VIEUX PROLÉTAIRE
1836

Soixante hivers ont affaibli ma vue.
Soixante hivers ont énervé mon bras,
Ah! c'en est fait, ma vieillesse éperdue
N'espère plus en des maîtres ingrats.
Du vert coteau qui me servait de couche
Les vents du Nord ont flétri le gazon.
Gens du pouvoir si le malheur vous touche,
Accordez-moi le pain de la prison.

J'ai vu là-bas le clocher de Bicêtre;
Hier vers lui je crus prendre l'essor.
D'un fol espoir j'aimais à me repaître :
Quoique bien vieux, je suis trop jeune encor.
En attendant que vos lois bienveillantes
D'un ciel plus doux me montrent l'horizon,
Pour ranimer mes forces défaillantes,
Accordez-moi le pain de la prison.

Sur ma sueur d'opulentes familles
Impudemment ont levé leur butin.
Par mon travail j'ai vu doter leurs filles,
Et des garçons j'ai payé le latin.
J'ai vu briller mainte ignoble maîtresse,
De faux plaisirs j'ai fourni le poison.
Je ne puis plus engraisser la paresse :
Accordez-moi le pain de la prison.

J'avais un fils; il était à l'armée
Quand vers le Rhône, en des jours de terreur,
Des ouvriers la cohorte affamée
De leurs patrons provoqua la fureur.
Contre le plomb, le fer et le salpêtre
Le pauvre agneau défendait sa toison.
Mon fils est mort en protégeant le maître :
Accordez-moi le pain de la prison.

Que n'ai-je, hélas! sans honte et sans courage,
D'un grand seigneur augmenté le bétail!
Oui, j'aurais pu me soustraire au naufrage
En préférant la livrée au travail.
D'un plat valet le langage servile
Peut obtenir des secours du blason.
Il sait ramper... Je ne sus qu'être utile :
Accordez-moi le pain de la prison.

Mais, dites-vous, votre faible nature
Aux temps heureux n'a pas prévu la faim?
— Est-ce en trouvant à peine sa pâture
Que la fourmi se crée un lendemain?
Vous le savez, l'abeille en sa sagesse
N'admit jamais l'oisif à sa moisson.
Moi j'ai donné mon suc à la mollesse :
Accordez-moi le pain de la prison.

Les chansons de Voitelain n'ont pas été recueillies en volume et ne le seront probablement jamais; le style a vieilli, les institutions se sont modifiées : mais ce sont de précieux documents pour l'histoire morale et physique de la classe ouvrière.

Voitelain avait un fils, qui a publié en 1881 une brochure où sont réunies une quinzaine des chansons de son père, il promettait le recueil complet, mais ce fils est mort et la publication avec lui.

Les brochures républicaines publiées chez Rouanet, sous Louis-Philippe, renferment beaucoup de vers de Voitelain. *Les Républicaines de 1848*, recueil édité par Durand, contient une vingtaine de ses chansons, il a écrit un certain nombre de pièces de vers très belles : *Le Pain volé*, *Cinq ans après*, etc.

En somme, Voitelain fut de 1830 à 1848 un des militants convaincus de la cause républicaine. C'est un des vaillants parmi les ouvriers poètes.

Charles PONCY

OUVRIER MAÇON A TOULON

Depuis plus de vingt ans, je recevais une lettre de Charles Poncy le 1er janvier, il en recevait en même temps une de moi. Cette année, la sienne n'arriva pas. J'étais inquiet, et à bon droit, car le 6 du même mois sa missive me parvenait datée du 2 et 4 janvier; Poncy était malade, au point d'avoir été forcé de s'arrêter le 2, et de ne continuer sa lettre que le 4.

Mais il répondait avec sa rondeur communicative habituelle à certaines demandes que je lui avais adressées, et je ne le crus pas en danger. C'était malheureusement une erreur. La maladie empira vite, et la lettre que j'avais reçue est la dernière qu'il ait écrite : Charles Poncy est mort à Toulon le 30 janvier de cette année 1891.

Quelle existence bien remplie que celle de notre poète! que d'activité il a dépensé depuis cinquante ans que son nom a été jeté à la foule comme celui d'un homme remarquable! cependant jamais il n'eut la pensée de quitter Toulon, où il était né le 2 avril 1821.

Sa notice jusqu'au jour où parut son premier livre peut se résumer en quelques lignes ; nous les trouvons écrites par M. Ortolan, son premier biographe :

« Pauvre enfant, venu à de pauvres parents.
« Jusqu'à neuf ans, la vie de la rue ou des « champs, ou bien, gardé avec des enfants de « son âge, en petit troupeau, au prix de un « franc par mois pour chaque tête.

« A neuf ans la vie de travail qui commence : « manœuvre au service des maçons.

« Puis, au temps de la première commu- « nion, un essai d'apparition à l'école mu- « tuelle, suivie d'une année d'études chez « les frères de la Doctrine chrétienne ; plus « tard, quelques mois à l'Ecole communale « supérieure. De là, revenu au plâtre pour « toujours. »

M. Ortolan n'a pas été bon prophète. Poncy n'était pas revenu au plâtre pour toujours. Il a depuis occupé, à Toulon, comme nous le verrons plus loin, des emplois d'un ordre élevé.

Ce peu d'instruction suffisait à une nature aussi bien douée que celle de Poncy pour ouvrir à sa pensée les horizons les plus étendus, et développer ses aspirations poétiques.

En peu de temps, aidé de quelques lectures : celle du *Magasin Pittoresque* surtout, il produisait des poésies qui étonnaient les rares personnes à qui il les montrait sans y attacher d'autre importance que celle du bonheur qu'il éprouvait à les composer. A vingt ans, Poncy, qui alors passait douze heures par jour sur l'échafaudage à manier la truelle du maçon, publiait son premier volume sous ce titre : *Marines*, par Charles Poncy, ouvrier maçon à Toulon. Un souffle puissant vibre dans toutes les pages de ce livre : la mer est la grande inspiratrice du poète. Il fait parler les flots, il donne une voix aux rochers séculaires qui dominent la plage. Les vaisseaux qui se pressent dans la rade sont ses confidents ; il les écoute et traduit en vers sonores leur langage.

A l'apparition des *Marines* (1842) on était édifié sur la poésie ouvrière. Cependant la jeunesse de l'auteur fit naître le doute dans quelques esprits qui crièrent à l'exploitation du titre d'ouvrier. Rien n'était cependant plus exact, c'était bien un véritable maçon maçonnant.

Voici une des pièces de ce premier volume.

A UN VAISSEAU DE CENT-VINGT
EN DÉMOLITION

Où sont donc tes beaux jours : quand l'haleine des brises
Caressait ton drapeau, gonflait tes voiles grises,
Et t'éloignait du port,
Quand tu portais, au sein des batailles sanglantes,
Sur tes deux larges flancs, cent-vingt gueules brûlantes
Qui vomissaient la mort?

Quand tes bombes volaient, puis éclataient : les unes
Sur les ponts mutilés, les autres dans les hunes
Des vaisseaux ennemis,
Et que ces lourds trois-ponts, orgueil de l'Angleterre,
Baissaient, pour décider tes canons à se taire,
Leurs pavillons soumis?

Qu'as-tu fait de ces mâts, dont les flèches aiguës
Cent fois, pendant la nuit, déchirèrent les nues
Qui pèsent sur les mers?
Qu'as-tu fait des couleurs si noblement rangées,
Qui dessinaient sur toi six terribles rangées
Aux rapides éclairs?

Des cordages sans nombre, et des vergues immenses
Où tes fils, alignés, entonnaient les romances
De leurs pays lointains?
De ton drapeau criblé qui, sur la brigantine,
Serpentait et laissait vers la voile latine
Flotter ses plis mutins ;

Des voiles, des haubans, des focs triangulaires,
Du sillage argenté qui, sur les eaux amères,
Écumait après toi ;
De tes combats, toujours suivis de la victoire,
De toute ta splendeur et de toute ta gloire,
Qu'as-tu fait, réponds-moi?

Maintenant te voilà... penché sur le rivage!
Échoué sur le sable! et la vague sauvage,
Sur ton corps délabré,
Se venge de ces jours où, pendant la tempête,
Ta proue aux dents de fer éperonnait sa crête ;
Te voilà démembré!

De tous côtés, le flot t'assiège sans relâche,
Je vois se détacher, sous les coups de la hache,
Tes bordages de bois...
Ils brûleront, peut-être, aux chaumières prochaines
Qui les virent jadis, grands et robustes chênes,
Ombrager leurs vieux toits.

Colosse! à ton aspect j'ai vu pleurer mon père.
Dans ton sein s'écoula sa jeunesse prospère,
Féconde en beaux élans.
Il aime à me conter que, souvent, pauvre mousse,
Sur un fragile pont il a gratté la mousse
Attachée à tes flancs.

Bientôt de ce vaisseau, qui fouilla les entrailles
Des plus lointaines mers, du géant des batailles,
Il ne restera rien,
Rien qu'un nom admiré dans nos gloires navales,
Un nom qu'à l'avenir légueront nos annales,
Et ce nom, c'est le tien!

Tombe, tombe sans honte, ô vieillard centenaire,
Après avoir bravé flots, trombe, écueils, tonnerre,
Et furieux autans,
Et navires anglais, léopards maritimes
Qui, masqués par des caps, dévoraient leurs victimes :
Tu vas braver le temps!

Ce dernier vers est très beau, mais la pensée est un peu forcée. L'imagination abonde et surabonde dans les œuvres de jeunesse de Poncy et l'égare quelquefois vers des images exagérées ; petit défaut chez un jeune poète.

François Arago, Béranger et George Sand furent des premiers à applaudir le débutant et à l'encourager.

Les Toulonnais s'étaient aussi montrés très entousiastes de leur poète : en huit jours cinq cents souscriptions avaient été recueillies et la bienvenue fut souhaitée dans des fêtes intimes par les notables de la ville à leur jeune compatriote.

Voici une autre pièce du même livre :

UNE VAGUE

La voyez-vous venir ! comme elle se replie
Et comme elle grandit... comme elle multiplie
Les sillons de son front
Et comme elle obéit à la noire tempête
Qui, pareille à l'éclair, a fait surgir sa tête
D'un abîme sans fond !

Telle qu'un long serpent qui poursuit une proie
Et qui siffle en rampant, elle rugit de joie
A l'approche des rocs
Dont les pics calcinés ceignent la vaste plage.
On dirait qu'elle veut, brisant contre eux sa rage,
En dissoudre les blocs.

La voilà près du bord, son front mouvant frissonne,
Se hérisse dans l'air ; sa masse d'eau bouillonne
Dans ses verdâtres flancs.
Elle heurte le roc où l'onde en courroux fume,
Et l'on prendrait les jets de son casque d'écume
Pour des panaches blancs.

Elle monte en fumée, en pluie elle retombe,
Puis elle rebondit et, pareille à la trombe,
Tourbillonne dans l'air.
Enfin, comme un lion au seuil de sa tannière,
Elle secoue au vent son humide crinière
Et rentre dans la mer.

Ces vingt-quatre vers sont tout un petit poème.

C'est peu de temps après la publication de ce livre que (le 6 juillet 1843) Poncy donna son nom à celle qu'il a célébré dans ses vers sous le nom de Désirée : son vrai nom du reste.

Le jour je suis maçon, le soir je suis poète.
Mes jours sont au travail et mes soirs sont à vous.
Ouvrier tout le jour, ma pensée est muette.
Poète tout le soir, je chante à vos genoux.

C'était une superbe brune de 19 ans aux grands yeux noirs qu'encadrait une physionomie très douce. Le poète l'adorait et elle était digne de son adoration.

Une fois heureux, car l'amour partagé c'est le bonheur, l'inspiration envahit plus vive encore le cœur et la tête du jeune Méridional.

En 1844, un deuxième volume révélait au monde littéraire combien Poncy avait profité des conseils qui lui étaient venus de tous ceux qui s'étaient intéressés à ses essais poétiques. Il avait pour titre *le Chantier*.

La mer tient toujours une grande place dans ses inspirations mais il est en somme plus terrien que dans son premier volume. George Sand a écrit la préface de ce livre, c'est un chaud plaidoyer en faveur de la poésie ouvrière, écrit cependant avec raison et sans exagération aucune.

De nouvelles ovations attendaient Poncy. David d'Angers, comme il l'avait fait pour Magu, reproduisit en bronze les traits du poète, et les ouvriers rédacteurs de la *Ruche populaire*, inspirés par le chansonnier saint-simonien Vinçard, ouvrirent une souscription pour faire venir à Paris le maçon de Toulon. Les frais de ce voyage furent vite couverts.

Un groupe composé d'une cinquantaine de personnes se rendit à Alfort où le poète était attendu. Une salle de restaurant fut disposée pour sa réception, de grands drapeaux tricolores ornaient les murs. Poncy fut bien un peu surpris d'un cérémonial de cette importance, mais il se remit vite après les paroles cordiales de Vinçard. On chanta, on dit des vers, de nombreux toasts furent portés, tous se rattachant à l'objet de la réunion. C'était correct et charmant. Mais peu à peu les têtes s'échauffèrent, les discours prirent un langage violent, on récrimina contre la bourgeoisie, le veau d'or, les habits noirs. Et renchérissant encore, un orateur, mouchard ou imbécile, s'écria : Marchons sur Paris, enlevons-le d'assaut!

La poésie était remplacée par la politique, c'était le tumulte au lieu de la cordialité, et le commissaire intima au président de dissoudre la séance, en lui annonçant que le banquet qui devait avoir lieu le soir pour fêter Poncy était interdit.

Poncy resta une quinzaine de jours à Paris, où, piloté par Louis Jourdan et Vinçard, il fut présenté à Béranger, à Lamennais, à

Alfred de Vigny, à Sainte-Beuve, à Etienne Arago et autres célébrités dont il reçut le meilleur accueil. Cependant, m'écrivit un jour Poncy, cette exhibition de phénomène et de bête curieuse me fatigua vite.

Le poète regrettait déjà Toulon où il avait laissé sa jeune femme et son vieux père. Aussi un beau matin il reprenait la diligence pour aller faire visite à George Sand qui l'attendait à Nohant et, après trois jours passés en compagnie du grand écrivain, reprenait la route de Toulon.

Poncy, quand il parlait de ce voyage, disait : Ç'a été le grand honneur de ma jeunesse et de ma vie de poète-ouvrier.

La chambre d'hôtel qu'occupait Poncy à Paris était située rue Rambuteau, la saison était froide et le méridional grelottait dans les rues de la capitale. La cheminée de la chambre fumait à asphyxier son locataire, le poète s'en plaint au propriétaire. — Oh ! monsieur, lui dit celui-ci, nous avions encore les fumistes ce matin, leurs outils sont restés là, on ne peut rien y faire. — Passez-moi un marteau, une auge, une truelle et du plâtre, dit Poncy, et il retirait sa redingote pour revêtir une blouse. En quelques minutes, le voilà sur le toit, il démolit, refait, et après une heure de travail un feu superbe flambait dans la cheminée, aux yeux du maître de l'hôtel, bien convaincu qu'il était en présence du premier fumiste du monde.

Voici une des pièces du volume *le Chantier*, qui a été très appréciée, rappelons qu'elle fut écrite en 1843 :

L'UNION

Au peuple.

Mes frères, il est temps que les haines s'oublient,
Que sous un seul drapeau les peuples se ralient ;
Le chemin du salut va pour nous s'aplanir ;
La grande liberté que l'humanité rêve,
Comme un nouveau soleil, radieuse se lève
Sur l'horizon de l'avenir.

Afin que ce soleil de clarté nous inonde,
Afin que chaque jour son feu divin féconde
Nos cœurs où l'Eternel sema la vérité,
Il nous faut achever l'œuvre que Dieu commence ;
Il faut que nos sueurs et notre amour immense
Enfantent la fraternité ;

Il faut que l'union entretienne la flamme.
O peuple ! arbore aux yeux de tous son oriflamme,
Voilà ton étendart, ta seule déité.
Consomme avec la haine un éclatant divorce,
Sois uni : l'union te donnera la force,
Et la force, la liberté.

Qu'importent les éclairs, la hache et les tonnerres
A nos grands bois peuplés de chênes centenaires?
Sur leurs troncs resserrés se brisent les autans ;
Et ces vastes forêts, vieilles comme le monde,
Défiant des hivers le vent qui les émonde
Reverdissent chaque printemps.

Voyez, quand la mer veut reculer ses rivages :
Elle évoque des flots les escadrons sauvages.
Les flots à son appel accourent le front haut :
Sur la sombre falaise ils tombent tous ensemble,
Et sous leur choc puissant la chaine des rocs tremble,
Et s'écroule au second assaut.

Voyez encor les fleurs, les pauvres fleurs des plaines :
De miel et de parfums leurs corolles sont pleines ;
Leur calice vit d'air, de rosée et d'amour.
Longtemps sur leur front pur rayonne une auréole,
Tandis que toute fleur, qui de ses sœurs s'isole,
Naît et meurt, flétrie en un jour.

O mes frères, suivons ces sublimes modèles :
Unissons nos efforts comme les hirondelles,
Comme les bois, les flots, comme les pauvres fleurs ;
Unissons nos esquifs pour traverser la vie,
Cette orageuse mer où toute âme est suivie
D'un long sillage de douleurs.

Frères ! entonnons tous l'hymne de la concorde,
A nos chants inspirés que toute voix s'accorde.
Nos glorieux efforts par Dieu seront bénis.
Des plaines du couchant, jusqu'à celles de l'aube,
Mille échos répondront des quatre coins du globe :
Soyons unis, soyons unis !

Oui, répétons ce chant d'une voix unanime ;
Plus nous le redirons, plus il sera sublime :
Sur les chênes des monts, dans l'ombre des ravins,
Le rossignol aimé du ciel, l'oiseau poète
N'a qu'un hymne à chanter, mais plus il le répète
Et plus ses accents sont divins.

Soyons toujours unis, pour braver nos souffrances !
Dieu va réaliser nos saintes espérances :
Le sang des opprimés comme un cratère bout,
L'union pour cuirasse et les vertus pour glaives,
Marchons vers l'avenir, où tendent tous nos rêves,
Marchons, le triomphe est au bout.

L'œuvre de Charles Poncy est considérable. Son bagage littéraire se compose de cinq volumes de vers et de quatre de prose. Nous avons parlé des *Marines* et du *Chantier*, le troisième volume a pour titre : *Bouquet de Marguerites*. C'est le beau poème d'un amour où l'on trouve tous les rêves, tous les bonheurs et toutes les désillusions qu'un amour passionné comporte. Est-ce une fantaisie? Est-ce une page de la vie du poète? Je ne sais, mais il y a là des vers qu'il serait bien difficile d'écrire sans les avoir vécus. Le sang du midi court dans toutes les pages de ce livre.

Le quatrième volume, *la Chanson de chaque métier*, est, comme son titre l'indique, un recueil de chansons. C'était une grande pensée que celle de faire exprimer par la voix des travailleurs les joies ou les souffrances de leurs métiers, mais n'est pas chansonnier qui veut, et Poncy a fait un beau livre de poésies mais non de chansons. Il n'a pas la simplicité qui convient au genre, ses refrains sonnent mal, les airs sont mal adaptés, et cependant ce livre a dû coûter beaucoup de travail à son auteur, il y a là quatre-vingts pièces les plus diverses : Le roulier, le vannier, le tailleur de pierres, l'imprimeur, le ramoneur, le perruquier, le cordonnier, l'horloger, le charpentier, le cuisinier, et, pour clore le livre, le fossoyeur. L'intention du poète se lit entre les lignes de la plupart de ces chansons, c'est l'exposé des revendications du prolétariat, mais, je le répète, le but n'est pas atteint, le livre reste à faire.

Une seule de ces chansons a obtenu quelque succès, elle est très belle, cependant c'est toujours le travailleur chanté par le poète et non chanté par lui-même. La voici :

LE FORGERON

Debout devant mon enclume,
Prêt au travail me voici.
Dès que l'aube au ciel s'allume
Ma forge s'allume aussi.
Frappe, marteau, tors et façonne
Le métal qu'amollit le feu ;

Que ta voix de fer, mon marteau, résonne,
Pour glorifier le travail et Dieu.

En vain la sueur m'inonde,
Mes bras n'en sont que plus forts,
C'est la sueur qui féconde
Mon courage et mes efforts,
On m'en voit comme une couronne
Une perle à chaque cheveu.
Que ta voix de fer, mon marteau, résonne,
Pour glorifier le travail et Dieu.

Le riche qui de ma blouse
Détourne son œil railleur,
Plus d'une fois me jalouse
Ma gaîté de travailleur.
La gaîté!... Dieu toujours la donne
A qui sait vivre heureux de peu,
Que ta voix de fer, mon marteau, résonne,
Pour glorifier le travail et Dieu.

J'aime à forger la charrue
Qui nourrit le genre humain,
Mais jamais le fer qui tue
Ne fut battu par ma main.
A la vie il faut que personne
Avant son jour ne dise adieu.
Que ta voix de fer, mon marteau, résonne,
Pour glorifier le travail et Dieu.

Dans mon ténébreux asile
Je vis plus heureux qu'un roi.
Lorsqu'à tous on est utile
On peut être fier de soi.
Cette forge que je tisonne,
Du char du travail est l'essieu,
Que ta voix de fer, mon marteau, résonne,
Pour glorifier le travail et Dieu.

Vive la forge qui brille !
Dans cet enfer de charbon,
C'est vrai qu'en été je grille
Mais l'hiver il y fait bon.
Que longtemps mon bras y moissonne
Le pain du jour, c'est mon seul vœu,
Que ta voix de fer, mon marteau, résonne,
Pour glorifier le travail et Dieu.

Comme on le voit et comme on a pu le voir dans toutes ses poésies, Poncy était déïste. Il croyait en Dieu avec la bonne foi d'un honnête homme, du reste à la date où cette chanson fut composée (1845) les meilleurs démocrates ne pensaient pas autrement. Plus tard encore, en 1848, après la révolution de Février, le peuple faisait des scènes violentes aux prêtres qui ne voulaient pas recevoir dans les églises les morts ayant appartenu à telle ou telle opinion.

Le cinquième volume de poésies est composé de toutes les pièces que l'auteur n'avait pas jugé à propos de placer dans les volumes précédents, bien qu'elles fussent faites; de là son titre : *Regains*. Cette partie de l'œuvre de Poncy est très remarquable, je la signale aux amateurs de la poésie ouvrière ; malheusement ce livre est très rare.

Nous ne nous occuperons pas des quatre volumes de prose : *Contes et Nouvelles*, sinon pour constater l'ardeur au travail intellectuel de notre poète.

Maintenant que nous connaissons l'œuvre et les succès de Poncy, voyons en quelques mots la deuxième partie de sa vie.

Quand il sentit en lui l'irressitible besoin d'écrire, force lui fut de quitter la truelle; mais non le travail. Il était tourmenté du besoin de savoir : en peu d'années il se perfectionna dans la langue française, puis appril le latin, l'espagnol, l'italien. et acquit des connaisances scientifiques à désespérer un savant, tout lui était facile. Il fut successivement, à Toulon, secrétaire de la mairie, suppléant de juge de paix et secrétaire de la chambre de Commerce. En 1858, il était décoré de la Légion d'honneur, juste récompense de ses travaux.

Si la première partie de la vie de Poncy fut heureuse, il n'en fut pas de même de la seconde. La mort impitoyable et aveugle vint frapper autour de lui tous ceux qu'il aimait, en pleine jeunesse. Une maladie cruelle et longue emportait sa femme, à peine âgée de quarante ans, le 24 août 1863. Elle lui laissait une fille : Solange, dont George Sand était la marraine. Elle se maria, le mariage fut malheureux, elle avait une petite fille que Poncy adorait. Je ne veux pas que cette enfant-là connaisse le malheur, avait-il dit. A sept ans, l'enfant était emportée par la méningite, et la mère, la fille unique du poète, mourait de chagrin quinze jours plus tard, à l'âge de trente-deux ans. La douleur du père et grand-père fut immense. Il reporta tout son amour sur sa deuxième petite-fille... La maladie la guettait aussi, et pendant des années, il fallut lui infliger un traitement des plus douloureux. — Enfin, m'écrivait Poncy en janvier dernier, elle est guérie depuis trois mois. Que de peines! pauvre cœur aimant, que de tortures il a endurées!

Charles Poncy a échangé avec George Sand quatre ou cinq cents lettres, que va devenir cette correspondance? Il y a là des documents littéraires qui doivent être publiés.

Le nom de George Sand me remet à la mémoire cette anecdote : Un jour Mme Poncy était en visite, visite de chaque jour, chez Mme Sand, qui habitait momentanément aux Sablettes, près Toulon. Le grand écrivain travaillait, et Mme Poncy cousait, silencieuse.

Tout à coup George Sand, sans lever la tête : — Pourquoi donc ne parles-tu pas, Désirée?

— Mais j'ai peur de vous troubler.

— Au contraire, parle donc, ça m'amuse, et ne me trouble pas du tout, *j'écris comme tu couds*.

Il ne fallait pas perdre cette réponse.

Et maintenant que va faire Toulon pour son poète? car cet enfant de la ville est une de ses illustrations et sa vie est un exemple. Poncy n'a jamais recherché l'éclat, il a vécu dans le calme et le travail. Pas de statue! son buste dans un des jardins publics, bien en vue, ou donner son nom à l'une des voies qu'il parcourait, voilà comment il faut honorer la mémoire de Poncy.

Son souvenir est dans le cœur de ses concitoyens qui l'ont connu; qu'ils le transmettent à leurs enfants, ce sera la modeste, mais juste récompense due à l'honnête homme, au travailleur, au poète.

Mai 1891. EUGÈNE BAILLET.

VIELLEFONT, Eugène-Albert

OUVRIER PASSEMENTIER

Au moment de la publication des *Mémoires* de Talleyrand, la chanson que nous offrons à nos lecteurs est une actualité.

Il est vrai que toutes les époques ont eu leurs *Nicolas Durand* ; cependant, les évènements que la France a traversés depuis cent ans s'étant succédé avec une rapidité désobligeante pour beaucoup d'hommes politiques, ce type a été plus fréquent de nos jours que dans le passé.

L'auteur de cette chanson, que j'ai beaucoup connu, était un ouvrier passementier; il se nommait Eugène-Albert Vieillefont. Grand, blond, l'œil doux, c'était une tête à la Pierre Dupont de 1848.

Il se présenta dans les Sociétés chantantes en avouant timidement qu'il était *auteur*. La première chanson qu'il nous fit entendre avait pour refrain : *Le cheval est né pour souffrir*. Ce n'était pas un chef-d'œuvre, mais c'était un petit plaidoyer humain, et cela nous allait. Charles Gille l'aborda en lui disant : *Toi t'es pas bête, faut v'nir aux animaux*. C'était le titre d'une société chantante où se réunissaient les meilleurs auteurs.

C'est à une réunion chez Henri Piaud qu'il chanta pour la première fois *Nicolas*

Durand. Le succès fut aussi grand qu'il était mérité. En effet, cette chanson a la qualité précieuse de suivre les faits historiques comme une vraie chronique. C'est que son auteur était un ouvrier studieux, consciencieux et intelligent.

Sa mort est tout un poème de tristesse et de dévouement :

L'enfant d'un de nos amis était atteint de la petite vérole ; le chansonnier offrit de lui appliquer un traitement qu'il savait efficace. L'enfant fut sauvé ; mais le pauvre Vieillefont avait contracté la maladie, et, quelques jours plus tard, il mourait à l'hôpital St-Antoine, le 14 octobre 1850. — Il avait trente ans !

Une cinquantaine de chansonniers et de camarades accompagnèrent son convoi au cimetière du Père-Lachaise où Gustave Leroy, le plus connu d'entre eux, prononça sur le bord de la fosse un adieu fraternel.

Une jeune fille suivait aussi le convoi en cachant ses pleurs : Vieillefont devait l'épouser à une époque très rapprochée.

C'est toute l'histoire de ce brave ami.

La chanson de *Nicolas Durand* avait été imprimée, sur une petite feuille volante, à cent exemplaires. C'est grâce à une de ces feuilles que j'ai pu la faire chanter aux soirées classiques de l'Eden-Concert par Louis Limat, qui la dit en véritable artiste. Vieillefont n'a pas écrit plus d'une dizaine de chansons, mais il est certain que le jour où il est mort nous avons perdu un véritable chansonnier.

NICOLAS DURAND

Au roi qui gouvernait la France
L'an mil sept cent-quatre-vingt-six,
J'avais promis obéissance;
Écoutez bien, mes petits-fils :
Tant qu'il eut ce pouvoir suprême
Qui dispense fortune et rang
A ceux qu'il aime,
Je fus fidèle au roi quand même!...
Et voilà Nicolas Durand!

La Révolution éclate :
De la cour pâlit le flambeau;
Je change alors... Ma plume flatte
L'éloquence de Mirabeau;
Puis quand la nation française
A la mort envoie un tyran
Dans Louis Seize,
J'applaudis à Quatre-ving-treize!...
Et voilà Nicolas Durand!

J'avais en imitant Barère,
Salué Saint-Just et Couthon;
Je divinisais Robespierre;
(Jadis j'avais loué Danton!)
Mais en Thermidor tout varie:
Chez Tallien j'arrive en courant.
Là, je m'écrie :
Vous avez sauvé la patrie!...
Et voilà Nicolas Durand!

Avec Barras, le Directoire
Fut le pouvoir selon mon cœur;
Mais de Bonaparte la gloire
M'éblouit; dès qu'il fut vainqueur

Dans une ode je lui dis : « Sire,
Vous êtes héroïque et grand !
La France aspire
A vivre en paix sous votre empire ! »...
Et voilà Nicolas Durand !

Mil huit cent quatorze me trouve
Prêt à servir le roi toujours ;
Louis s'enfuit, mais je n'éprouve
Nul embarras... même aux Cent-Jours.
D'un côté, désirant qu'il parte,
Je disais : Gloire au conquérant,
A Bonaparte !
Et de l'autre : Vive la Charte !...
Et voilà Nicolas Durand !

Sous Louis Dix-huit, le jesuitisme
Allant gouverner à nouveau,
Le vent tournait au bigotisme :
Alors je me sentis dévot.
Tous les jours j'allais à confesse,
Pour entendre d'un révérend
La sainte messe...
Et Dieu m'envoya la richesse...
Et voilà Nicolas Durand !

Quand la plébéienne colère
Eut chassé le roi Charles Dix,
J'écrivis : « Un roi populaire
Doit nous conduire en paradis. »
Cette phrase nationale
Me fit donner par Talleyrand,
— Ame loyale ! —
Une recette générale...
Et voilà Nicolas Durand !

Février me prit dans ma cave.
J'en sortis après le combat,
Criant : Le peuple était esclave,
Grâce à nous sans frein il s'ébat;
Plus d'odieux joug monarchique,
Plus de distinction de rang,
    Plèbe héroïque !
Vive à jamais la République !...
Et voilà Nicolas Durand !

J'ai fait ma fortune assez belle;
J'ai surtout conservé mes os :
Mes petits-fils, cela s'appelle
Savoir nager entre deux eaux...
Sous les rois, je fus royaliste,
Des faveurs, si Considérant
    Tenait la liste,
Je deviendrais socialiste...
Et voilà Nicolas Durand !

GILLAND, Gérôme-Pierre

OUVRIER SERRURIER, REPRÉSENTANT DU PEUPLE

—

Quelle existence remplie, que celle de ce brave Gilland. Combien de soubresauts, de peines imméritées, subies sans se plaindre, combien de dévouement dans le cours de cette vie qui n'a été que de trente-neuf années.

Parmi nos ouvriers-poètes, deux ont été représentants du peuple : Lebreton, le calicotier de Rouen, à qui je consacrerai quelques mots plus loin, et Gilland, dont la notice et les œuvres vont nous occuper.

Les grands parents de Gilland avaient été bergers de père en fils, son père le fut aussi. Ce métier prête à la rêverie ; les paysans croient que les bergers sont un peu sorciers, pauvres sorciers ! ils sont simplement observateurs.

J'ai connu le père de Gilland, il n'avait rien d'un sorcier, il parlait peu et ne disait que des choses sensées et qu'il avait approfondies. Comme les neuf dixièmes des pauvres de son temps, cet homme de bon sens ne savait pas lire.

Gilland, Jérôme-Pierre, est né à Saint-Aulde, en Seine-et-Marne, le 18 août 1815, dans ces durs moments où la France en plein désastre était envahie par les armées étrangères que l'Empire nous ramenait pour la deuxième fois.

On n'était pas riche dans la famille du berger, cependant vers sa sixième année, l'enfant fut envoyé à l'école du village ; cela se renouvela pendant trois hivers, juste assez pour apprendre à lire. Pauvres enfants, les congréganistes, seuls professeurs d'alors, leur apprenaient les prières en latin quand ils ne savaient pas un mot de français.

Le petit Gilland, vers sa dixième année. sentit s'éveiller en lui l'amour de l'étude. Les moyens lui eussent manqué complètement pour satisfaire son penchant sans un vieil oncle qui possédait quelques livres et les prêta à l'enfant.

Dès que son temps le lui permettait, il sautait sur un de ses livres, et sous l'influence d'un bonheur inconnu de tous ceux qui n'ont pas éprouvé ce besoin d'apprendre, en retenait tout ce que son âge et son peu de savoir y pouvait comprendre.

Un malheur survint dans la famille qui vint aggraver tout à coup la situation déjà pénible : le père est atteint d'un mal terrible à la main. les médecins n'y voient aucun remède ; il faut lui couper le bras ! l'infortuné se résigne, il aura un bras de moins, mais il vivra ! il a autour de lui six enfants qu'il faut nourrir, en route pour Paris, où l'on doit faire l'opération, à Paris, ô miracle ! en quelques semaines le père de Gilland fut guéri.

Mais que faire dans ce grand Paris ? Cet

homme n'a pas de métier, heureusement que le courage, — cette ressource du pauvre — ne lui manque pas, il s'emploie à tout ce qui se présente : des commissions, des corvées souvent pénibles, des travaux rebutants, tout cela n'est rien pour lui : sa femme et ses enfants ont du pain.

O vous qui n'avez eu qu'à naître pour avoir en maniement l'or et les billets de banque, si vous réfléchissiez parfois aux souffrances endurées par les deshérités vous auriez pour eux moins de dédain et vous enseigneriez à vos enfants à les respecter comme ils le méritent, au lieu de les leur signaler comme des êtres inférieurs et de perpétuer ainsi l'antagonisme qui règne sourdement entre les classes et les empêche de se rapprocher.

Gilland, notre futur Poète, avait alors onze ans, il fut mis en apprentissage dans la bijouterie, le métier lui convenait assez, il touchait de temps en temps quelques sous de *pourboire* des clients où il faisait des livraisons, et il pouvait ainsi acheter sur les quais, le dimanche, en se promenant, un volume dépareillé de Voltaire ou de Rousseau, dont il savait faire son profit.

Malheureusement, il était sous les ordres d'un mauvais patron ; ils étaient dix apprentis dans la maison, tout cela était mené comme dans une prison. Les enfants travaillaient quatorze heures par jour, et la nourriture était insuffisante. Il fallut changer de maison et renoncer à la bijouterie

— c'est alors que Gilland devint serrurier — métier qu'il adopta et pratiqua jusqu'à son dernier jour, car nous le verrons mourir à son étau.

II

Gilland a vingt ans, il vient d'échapper à la conscription. Son imagination s'est développée; des aspirations vers l'idéal le tourmentent, il veut donner cours à ses sentiments.

Le hasard place sur son chemin une fille sans moralité, et déjà prise dans l'engrenage du vice trop avant pour s'en dégager. Qu'importe! Une force irrésistible attire Gilland vers cette femme; il veut la ramener au bien, l'amour la sauvera, dit-il. Croire à la perversité l'épouvante, la dégradation est le résultat d'une suite de circonstances malheureuses; il aime cette femme!

Mais sa mère est là qui veille, l'expérience de la chère femme lui ouvre les yeux, et un matin la folle aimée disparaît au bras d'un riche entreteneur. Quand la plaie est trop gangrenée, elle n'est plus cicatrisable. Gilland ressentit une vive douleur de cet abandon, et pleura. — Il se dessine par ce trait comme nature d'apôtre; ce fut sa vie.

Depuis longtemps déjà l'ouvrier serrurier confiait ses idées au papier dans le silence des nuits — il travaillait la grammaire et parvenait, à force de ténacité, à écrire correctement la prose et les vers.

Il était alors en relation avec le tisserand de Lizy, son compatriote en Seine-et-Marne, qui venait de publier ses œuvres dont on faisait grand bruit dans le département et à Paris.

Gilland doit faire une visite à Magu, il est heureux : il va serrer la main d'un confrère en poésie... Mais... un contretemps fâcheux survient qui l'en empêche : une commande de travail inattendu se présente, et pas de dimanche qui tienne ; il faut rester à l'atelier. Cette situation inspire à notre poète les vers suivants :

LA VEILLE DU DÉPART

à Magu.

Palpitant de plaisir je vais à toi, mon maître;
Demain dès le matin tu me verras paraître,
Timide, t'apportant le fruit de mes travaux,
Des vers... vers que je fais en faisant mes serrures,
Au millieu des clameurs, des rires, des murmures
De vingt voix s'unissant au bruit de vingt marteaux.

Croirais-tu que les miens m'accusent de démence,
Je les laisse parler, je garde le silence,
Plus tard, j'aime à le croire, on me jugera mieux.
Je vis avec moi seul en dévorant mes peines,
Et captif résigné, je supporte mes chaînes,
Espérant d'autres cœurs et des temps plus heureux.

Mais chassons loin de moi peine, dégoût, tristesse,
Demain je vais te voir... Déjà je sens l'ivresse
De mes projets formés pour passer ce beau jour.
Je compte tant sur toi, sur ta noble franchise,
Qu'il n'est pas de bonheur que l'âme idéalise
Qui ne me soit promis en touchant ton séjour.

Nous irons hors Lizy dont le parc est superbe,
Puis, tranquilles tous deux, à l'ombre, assis sur l'herbe,
Nous causerons, gaîment, ou, suivant le chemin,
Nous visiterons l'Ourcq et ses rives fleuries,
Aussi, bien loin, bien loin, tout au bout des prairies,
Certain endroit que j'aime appelé Vieux Moulin.

Revenant par Mary nous verrons le Calvaire;
Auprès l'enclos des morts... sur l'humaine poussière,
Pour prier un instant, arrêtons-nous, ami.
Vois-tu sous ce gazon dont la terre est couverte,
Penchée, une humble croix, c'est la place déserte
Où repose à jamais mon aïeul endormi.

Mon aïeul, bon vieillard au triste et doux sourire,
Qui me grondait toujours en me voyant écrire :
Enfant, me disait-il, eh quoi! mais quel trésor
Trouves-tu dans un livre et dans la solitude,
Pour faire un ouvrier que te sert tant d'étude?
Je feignais d'obéir, et j'écrivais encor.

....

Ainsi je te parlais, comme déjà ton hôte;
Tournant ma meule aussi, j'oubliais, comme Plaute,
Un devoir qui jamais ne laisse de loisir...
On m'appelle au bureau, car le patron arrive;
Il tient pour mon travail une expresse missive,
Et voilà que j'apprends que je ne peux partir!

Voilà bien la poésie ouvrière : du naturel, du cœur, et un grain d'amertume, qui perce dans la strophe :

Croirais-tu que les miens m'accusent de démence,
Je les laisse parler, je garde le silence.

Cela est tristement vrai, le travailleur qui sort un peu du rang doit souvent lutter contre les siens autant que contre la classe bourgeoise.

Le vieux Magu avait la plume facile, et à brève échéance, le jeune poète désenchanté reçut une charmante réponse à ses vers, en voici quelques passages :

Oui viens me voir quelque dimanche
Dans ma petite maison blanche,
La coquette aux contrevents verts.
Je t'y recevrai comme un frère.
Je sais l'accueil que je dois faire
Au poète, à ses jolis vers.

Ami ne restons pas au milieu du chemin ;
Que le moins fatigué donne à l'autre la main.
Il faut de grands efforts pour sortir de la route
Que suivent nos égaux ; je sais ce qu'il en coûte
Au pauvre, non lettré, qui vit en travaillant,
Avant que d'obtenir un regard bienveillant
Du riche, prévenu, qui pense que notre âme
Ne peut, du feu sacré, recéler quelque flamme.
Aux souffrances d'autrui, peu fait pour compatir,
Il croit nos cœurs peu faits pour aimer et sentir ;
Il nous croit étrangers aux douces rêveries,
Que font naître au printemps les bois et les prairies,
L'aspect d'un beau ciel bleu, le doux chant des oiseaux,
L'eau qui fuit en courbant de fragiles roseaux,
Et les grands peupliers que cette onde reflète,
Il croit que pour nos cœurs la Nature est muette.

C'est à nous, cher Gilland, de le désabuser.
....

Je te montre en ami la règle qu'il faut suivre,
Sans jamais négliger le travail qui fait vivre,
Et qui nous rend indépendant.
Le travail est certain ; la poésie un rêve.
L'un pourvoit aux besoins et l'autre nous élève
Vers Dieu, qui nous voit, nous entend.

Que de bon sens et d'expansion, dans ces strophes écrites d'un jet.

C'était l'époque où certains journaux s'occupaient des classes travailleuses, leurs intentions étaient bonnes, mais c'était toujours le bourgeois parlant de l'ouvrier. Il fallait entendre la voix de l'ouvrier plaidant sa cause lui-même, avec sa prose rugueuse et parfois incorrecte, mais exprimant sa misère, ses souffrances, et exposant les remèdes à ses maux, avec conscience et netteté.

Gilland conçut alors le plan d'un organe exclusivement rédigé par des ouvriers, il s'entoura d'un groupe d'amis intelligents et besogneux comme lui, et l'*Atelier* fut fondé.

Cette publication, qui vécut pendant plus de dix années, est un recueil précieux des revendications de la classe honnête et déshéritée. C'était une œuvre collective, on ne signait pas les articles.

Buchez, qui fut depuis Président de l'Assemblée Nationale — catholique et papiste — dirigeait l'*Atelier*, et lui avait inculqué ses principes : c'était un genre de socialisme chrétien, Gilland est resté dans cette couleur, bien que s'occupant beaucoup plus des souffrances terrestres de ses semblables que des choses du ciel.

Il écrivit aussi à la *Ruche populaire*, autre revue ouvrière sous la direction de Duquesne, un ouvrier imprimeur, ardent et convaincu. Là on reconnaissait ses œuvres : vers ou prose se terminait par le nom de l'auteur.

Entre temps, Gilland avait fait plusieurs visites à Magu et la fille du tisserand, une mignonne et charmante enfant de dix-huit ans, travailleuse et intelligente, avait inspiré au jeune serrurier, un amour qui s'était terminé par un mariage.

Plusieurs capitalistes offrirent alors à Gilland des fonds pour s'établir, il n'accepta pas, son rêve était l'association, qui seule, disait-il, doit affranchir le prolétariat. Ici encore nous retrouvons l'apôtre.

Voici une pièce publiée après quelques années de mariage du poète, elle a été très remarquée, le père est heureux, il dédie sa poésie à sa jeune femme, mais comme dans tous les bonheurs du pauvre, il s'y mêle un grain de tristesse.

LA MUSE ET LA NÉCESSITÉ

à la mère de mon fils.

L'hirondelle revient... voici des fleurs écloses,
Le miel et les parfums dans l'air sont confondus.
C'est la saison des chants, poète et tu reposes,
Tes attributs divins au mur sont suspendus.

La nature joyeuse étale ses merveilles ;
Le jeune agneau bondit sur les monts empourprés,
Des soleils chauds et doux ont remplacé les veilles,
L'émeraude scintille à chaque herbe des prés ;

Les roseaux caressants baisent l'eau murmurante
Au sillon encor vert sautille la perdrix,
Les chemins sont jonchés d'une neige odorante
Que le vent fait tomber des cerisiers fleuris.

De précoces bourgeons palpitent sur la branche,
Le souple chèvrefeuille aux arbustes s'unit,
La violette arrive et l'aubépine blanche
Couvre de ses rameaux les oiseaux dans leur nid.

Le ruisseau qui serpente au flanc de la montagne
Sur les cailloux d'argent roule tranquille et clair,
Une douce harmonie en ces lieux l'accompagne
Tout est musique au cœur, tout est parfum dans l'air

C'est l'espoir des beaux jours, c'est la saison première
L'aurore a salué son enfant adoré,
L'étoile a ravivé sa céleste lumière
D'or, de pourpre et d'azur le ciel s'est coloré.

La paix t'a ménagé de bien belles retraites
Au bois mystérieux fraîchement revêtu,
Chante et dans l'avenir tes couronnes sont prêtes
Poëte viens à moi, doux ami m'entends-tu ?

— Oui ! mais je dois ma vie au labeur de la terre,
Ce que tu veux de moi, le ciel me le défend
Il faut, dans mon grenier du feu pour mon vieux père
Et chaque jour du pain pour nourrir mon enfant.

Auprès du travailleur la nécessité veille
Comme un serpent caché pour enlacer ses pas,
Partout elle le suit qu'il rêve ou qu'il sommeille,
Farouche déïté qui voit mais n'entend pas.

On dit que le Poëte a gardé dans son âme
Bien des trésors cachés que Dieu seul a connus,
Un ange a pris pour lui la forme d'une femme...
Mais les jours glorieux ne sont jamais venus.

III

Quand arriva la révolution de février 1848, Gilland qui s'était mêlé aux combattants et dont le caractère et la probité étaient connus, fut envoyé, par le gouvernement, en qualité de commissaire extraordinaire dans ce pays encore sous le coup de drames terribles et récents ; à Buzançais, il fallait craindre des représailles sanglantes : Gilland prêcha la concorde et parvint, par de sages conseils, à maintenir ceux qui avaient des droits à la vengeance.

A son retour, il fut porté à la députation dans Seine-et-Marne, la réaction le combattit avec ses armes ordinaires : le mensonge et la calomnie. — Il obtint près de vingt mille voix, mais ne fut pas nommé.

En juin — 1848 — quand éclata cette formidable insurrection où tous les partis politiques étaient mêlés, où l'on criait vive la République des deux côtés des barricades, pendant que les rues étaient jonchées de morts, Gilland ne voyant pas où ces scènes terribles nous conduiraient emprunta quelques francs à son ami Perdiguier, et, emmenant sa femme et ses enfants, partit pour Lizy chez le poète Magu son beau-père.

Arrivé à Meaux des exaltés se jettent sur lui, l'accusent d'être venu le dimanche précédent, à Meaux, distribuer des billets de mille francs pour exciter à l'insurrection, les têtes étaient montées ; dans ces moments la terreur rend les hommes fous, la femme et les enfants de Gilland sont bousculés et pour les sauver des fureurs de cette foule en délire, Gilland est arrêté et conduit à la prison de la ville, il y resta cinq longs mois, sans subir aucun interrogatoire. Pour utiliser ses loisirs forcés, il réunit en un volume une série de petits contes et ses poésies sous ce titre : *les Conteurs ouvriers.* Georges

Sand écrivit la préface de ce livre publié en 1849.

Un juge d'instruction nommé Cadet Gassicourt, *qui n'avait jamais interrogé, ni même vu Gilland* lança contre lui un acte d'accusation basé sur le mensonge et l'effronterie. C'est l'œuvre basse d'un ennemi politique qui n'ayant ni cœur ni courage, se venge sur le vaincu.

Arriva le jugement, la justice enfin triomphait, Gilland fut acquitté. On s'était trompé, on l'avait pris pour un autre — *et cætera* — trompé pendant cinq mois! durant lesquels le pauvre travailleur qui était le soutien de sa famille était resté éloigné d'elle.

Un peu plus tard le département de Seine-et-Marne le nommait Représentant du peuple par 26,308 voix.

Pour caractériser la nature loyale de Gilland, je dois rappeler ici le fait suivant :

Pendant la période électorale, Gilland faisait un jour sa profession de foi dans la grange d'un village — la nuit tombait. On m'entend, s'écrie tout à coup l'orateur, mais on ne me voit pas! qu'on apporte de la lumière et je continuerai; la parole peut mentir, la physionomie ne ment pas; il faut nous voir! la conviction avait donné de la vigueur à sa voix, et les électeurs applaudirent chaleureusement cet acte de franchise.

Comme Représentant du peuple, Gilland vota toujours avec les républicains-socialistes, il s'acquitta de ses fonctions avec un courage et une ardeur fébriles, il ne manquait jamais aux séances de la Chambre, et pendant une partie de la nuit il écrivait pour *La Feuille du Village* des articles qui s'y publiait en feuilleton et contenaient l'enseignement du plus pur dévouement à la cause démocratique.

La Feuille du Village était un journal à l'usage des campagnes. Pierre Joigneaux, alors Représentant du peuple et qui vient de mourir sénateur, en était le rédacteur en chef, il savait quel langage tenir aux paysans, et, tout en causant d'agriculture avec eux, leur apprenait leurs droits et les initiait à la vie politique, la cause républicaine doit beaucoup à la feuille du village.

Parmi les articles de Gilland une série avait pour titre *Les Contrastes sociaux*, dérogeant cette fois à son habitude, c'est au journal *Le Vote universel* qu'il en donna la première étude, intitulée *Les Petits Enfants*. Ce plaidoyer plein de calme est un pur chef-d'œuvre de sentiment, de style et de raison: il s'en dégage une poésie qui porte aux larmes. — Il parait que cela *excitait à la haine et au mépris des citoyens les uns envers les autres*, l'article fut incriminé et le gérant du journal condamné à six mille francs d'amende et six mois de prison.

Mais le procureur général, un *sieur* Suin — qui disait le *sieur* Gilland — aussi rusé que réactionnaire, pour ne pas demander à l'Assemblée nationale une autorisation de poursuites contre Gilland, Représentant du peuple — autorisation qu'il pressentait bien qu'il n'obtiendrait pas — déclara qu'il était impossible à un ouvrier de traduire sa pensée en un style digne des grands écrivains et que Gilland n'était pas l'auteur de cet article remarquable, bien que subversif.

Dans ses allusions, il désignait Georges Sand, comme auteur de l'œuvre incriminée — il fallait alors la poursuivre — il n'en fut rien. Gilland montra ses brouillons, sa copie envoyée au journal, tout fut inutile. — L'article était tombé du ciel, aucun auteur ne fut poursuivi pour l'avoir écrit. Ce fait est peut-être unique dans les annales de *la justice*.

IV

Lors du Deux Décembre 1851, de funeste mémoire, les quinze ou seize ouvriers qui siégeaient à l'Assemblée nationale furent arrêtés et emprisonnés. Un seul ne le fut pas, Gilland ! — Cette situation le rendait fou. Pourquoi, disait-il, pourquoi ne suis-je pas arrêté? et il se frappait la tête : que doivent penser nos amis? on me prendra pour un faux frère, et jusqu'au 15 décembre il ne voulut pas sortir de chez lui, espérant toujours voir entrer les agents — il n'en fut rien.

Voici comment plus tard il m'expliqua ce qu'il pensait à ce sujet : — Quelques mois avant le coup d'état, me dit-il — le hasard m'avait procuré de causer, dans les couloirs de l'Assemblée, avec le vieux Gérôme Bonaparte, oncle du Président de la République. Je lui avais exposé la pénible situation des travailleurs, l'insuffisance des salaires et avec quel effroi le pauvre redoutait la vieillesse, qui ne lui laissait en perspective que l'Hôpital, quand on voulait bien l'y admettre. Notre conversation avait duré plus d'une heure et le vieux prêt-à-tout la termina par des éloges à mon adresse, en me disant : « Vos idées sont des meilleures venez nous voir à l'Elysée, vous serez le bienvenu, nous pensons comme vous, et autres mensonges. » — C'est certainement à cette conversation que Gilland dut de ne pas avoir son nom sur la liste des proscrits. Une minute de remords avait traversé le cerveau des conspirateurs.

Ces trois années d'un surmenage consécutif de travaux de toutes sortes et la peine de voir tomber la République aux mains des traîtres qui ne cherchaient qu'à l'étouffer après lui avoir juré fidélité, la complicité des foules hébêtées et irréfléchies, tout cela produisit chez Gilland un état d'affaissement qui devait le conduire au tombeau.

Il se retira à Château-Thierry et reprit la lime et le marteau du serrurier. Mais cela dura peu, il mourut en mars 1854, âgé de 39 ans, il laissait une veuve et quatre garçons ; c'était la misère pour cette honorable famille. Mais le parti républicain comptait dans ses rangs des cœurs généreux : Charles Kestner, son collègne, député du Haut-Rhin, se charge de deux des enfants de l'ancien ouvrier député ; ils reçuren dans cette famille avec une instruction qui assura leur existence plus tard, les principes de haute sagesse qui font les hommes utiles, les hommes de progrès, ils occupent aujourd'hui des emplois d'une certaine importance.

Le plus jeune, Marc Gilland, élevé par sa mère est un bon ouvrier typographe, Poète à ses heures : il a publié des vers remarqués dans *les Coquelicots, le Siècle Typographique* et un peu partout.

La veuve de Gilland, Mademoiselle Magu, est morte à Paris en 1886, le 2 décembre.

C'est à Château-Thierry que l'ouvrier — représentant du peuple se repose des fatigues et des souffrances d'une vie toute de dévouement et de travail dans un tombeau élevé par souscription.

Quelques mois après sa mort, Gilland fut exhumé du caveau provisoire où il avait été déposé, pour être porté à sa place définitive. Ce jour-là, la petite ville de Château-Thierry fut assiégée de mouchards et de soldats envoyés de Paris — et la préfecture du département avait ordonné que l'exhumation fut faite avant le jour! — l'Empire craignait même les morts !

Georges NICOLAS

OUVRIER TYPOGRAPHE

Comme j'allais écrire le mot *fin* sur la page que je croyais la dernière de cette brochure, voilà que je reçois un charmant volume publié chez Lemerre, intitulé *Brins d'Œuvres, poésies ouvrières,* par Georges Nicolas.

Oh ! je me garderais bien de ne pas joindre ce nom à ceux que j'ai cités dans les pages précédentes. Nicolas est bien le frère en poésie et en pensée de Poncy, de Barillot, et de tous ceux qui ont mis leur âme et tout ce qu'ils avaient de bon en eux, dans les strophes ou les couplets qu'ils nous ont laissés.

Les sentiments du poète nous sont révélés à chaque feuillet de son livre : les deux cents pages qui le composent sont le fruit de trente années de travail intellectuel.

C'est peu produire, diront les littérateurs à qui leur situation a créé des loisirs, ici rien de semblable, Georges Nicolas est avant tout un ouvrier, c'est un habile typographe attaché douze heures de jour ou de nuit à la casse qui le fait vivre. Ecoutez le poète-travailleur, c'est en forts bons vers qu'il expose la théorie de sa vie, qu'il met chaque jour en pratique :

DOUBLE DEVOIR

à Louis Loire.

On médit volontiers de l'artisan qui tâche
D'exprimer en b aux vers l'idéal qu'il ressent.
C'est peu de le railler : de peur qu'il ne se fâche
On feint de partager son plaisir innocent.

Fi de ces traits sournois qu'on vous lance en passant !
Cultiver son esprit, s'occuper sans relâche,
Voilà la tâche auguste et le devoir pressant.
Vouloir s'y dérober serait stupide et lâche.

Ce double soin remplit et mes nuits et mes jours;
Je buche constamment et je rêve toujours,
Narguant à ma façon ceux qu'un seul labeur use...

Et fidèle à mes dieux comme un chien au bercail,
Le travail ne prend pas un instant à ma muse,
La muse ne prend pas une heure à mon travail.

Georges Nicolas aime son art : il était du reste prédestiné à le pratiquer. Je trouve dans une excellente notice que lui a consacrée M. Breton le passage suivant : — Son père, Emile Nicolas, un des fondateurs de la Société fraternelle des protes parisiens, prenait encore part, il y a quelques mois, au banquet annuel de la Soéiété ; il était typographe.

Le frère de son père, Marius Nicolas, est ce savant imprimeur de Meulan — il parlait dix à douze langues — que la Société des Orientalistes a honoré d'une médaille d'or, lors de son premier congrès tenu à la Sorbonne il y a quinze ans, pour le précieux concours qu'il avait prêté à son président,

Léon de Rosny, alors qu'il ébauchait ses premiers travaux en langues orientales — hébreux, chinois, japonais.

Son grand-père avait une petite imprimerie à Marseille, il y a de cela plus de quatre-vingts ans.

Ses oncles, du côté de sa mère, étaient typographes en 1848.

Son frère cadet est typographe.

Son cousin Louis Nicolas, aujourd'hui maître-imprimeur à Tunis, était typo à Constantine, à Bône, à Alger, quand ses collègues l'ont envoyé, en 1878, comme délégué au premier congrès ouvrier tenu à Lyon.

Aussi avec quelle vigueur il défend Gutenberg au nom de la justice et de la vérité, écoutez-le :

LAURENT COSTER

Au poète Raphaël Chaignau.

Quel émoi dans Harlem ! l'édilité remplace
Le vieux Laurent Coster qui parait la grand'place,
Et le socle imposteur, honni de tout syndic,
Va recevoir Franz Hals, qu'admirait tant Van Dick.

Jugez du temps qu'il faut — nous sommes en Hollande,
Pour réduire à néant une absurde légende.
Ce Coster, dont le nom, comme un blason sali,
Va descendre dans l'ombre et tomber en oubli
Sans qu'un cri de pitié daigne se faire entendre,
Eut le plus beau destin qu'homme ait osé prétendre.
Il fut, de par le choix d'un groupe admirateur,
De l'art de Gutenberg proclamé l'inventeur !
De ses travaux, pourtant, subsistaient peu de preuves.
Il n'avait pas subi les cruelles épreuves

Du chercheur, abîmé dans son rêve aveuglant,
Et comme sur la claie attaché tout sanglant;
Il n'avait pas souffert cette horrible agonie
Du savant, dont on met en doute le génie,
Qui poursuivant, fiévreux, son labeur surhumain,
Ne sait s'il tient encor le prodige en sa main;
Les veilles, où le front s'empreint de sueurs lentes,
N'avaient pas enflammé ses paupières brûlantes;
Il n'avait pas senti sa raison s'ébranler,
Ni le sol qu'il foulait sous son pas vaciller;
Il n'avait pas vécu cette heure inspiratrice
Où tout à coup surgit l'œuvre divinatrice,
Et sa bouche, où le sang monte dans un afflux,
N'avait pas proféré le fameux : *Fiat lux!*

Il n'était pas l'élu qu'un dieu marque dans l'ombre.

Coster eut, malgré tout, des partisans sans nombre :
Ceux, jugeant au hasard — l'aveugle est leur pareil —
Et pour qui c'est vertu de nier le soleil;
Ceux, trop vite écoutés, beaux esprits excentriques,
Dont le talent s'exerce aux thèses chimériques,
Et ceux qu'un sot orgueil excite à dénicher
Le grand homme inconnu qu'abrita leur clocher.
Alors que Gutenberg, dans un élan superbe,
En types de métal voulait couler le verbe,
Fournir à la pensée un sûr et prompt levier
Que rien en aucun temps ne ferait dévier,
Créer l'outil puissant au magique engrenage
Que les peuples instruits béniraient d'âge en âge,
Coster, encore imbu des règles d'autrefois,
Au tranchant d'un canif n'incisait que le bois.
On nous conte qu'ayant dans la forêt prochaine,
Incrusté de dessins des écorces de chêne,
L'empreinte se transmit au papier maculé,
Et qu'à ses yeux, soudain, l'art s'était révélé!
D'aussi faibles témoins bien qu'on eût conscience,
On osa l'opposer au maître de Mayence,
Sans voir que ces essais, plus vains que malheureux,
N'avaient, après sa mort, rien laissé derrière eux.
Du moins, de Gutenberg les disciples fidèles
De leur art en tous lieux ont semé les modèles;
Précurseurs décisifs du culte le plus beau

Du progrès sur leur route ont dressé le flambeau.
Et, mages du vrai Dieu qui console et délivre,
Comme un astre nouveau fait resplendir le Livre...
L'imagier de Harlem, quoi qu'on lui décernât.
Mit à peine un fleuron aux pages d'un donnat!

Trois siècles ont passé sur ces débats célèbres,
Aujourd'hui. la lumière a chassé les ténèbres.
Partout l'esprit de l'homme, assoiffé d'équité,
Lutte pour la justice et pour la vérité.
Il se concevait mal qu'un bourg de la Hollande
Persistât dans la foi d'une vieille légende
Qui veut qu'à la faveur d'une nuit de Noël
Un Gensfleich, apprenti du Coster paternel,
Dérobant les poinçons prêts pour la fonderie,
A Mayence ait porté l'art de l'imprimerie,
Et là, fier du larcin fait au maître dupé,
Ait goûté les douceurs d'un triomphe usurpé...

C'est ainsi qu'autrefois on enseignait l'histoire.
A toi seul, Gutemberg, la palme méritoire :
Règne sur les esprits, ô génie invaincu !
La légende est bien morte — et n'a que trop vécu.

Béranger dit dans une note qui accompagne sa jolie chanson : *La Fée aux rimes*, qu'il dédie aux ouvriers-poètes :

« Je n'ai pas indiqué tous les métiers qui « comptent des poètes et des versificateurs, « mais j'ai omis avec intention les typo- « graphes parceque la plupart ont reçu de « l'instruction et que d'ailleurs leur pro- « fession leur rend les études littéraires « faciles, les livres les viennent trouver, « il faut que les autres ouvriers les cher- « chent. »

Béranger ne se trompait pas et Nicolas va lui donner raison dans une conversation où il disait : « On me corne aux oreilles que

« placé n'importe où, partout je n'aurais « fait autre chose que de rêver; je ne sais « à quel point cela peut être vrai, mais ce « que je sais bien c'est que c'est le mé- « tier qui a développé en moi, sinon fait « germer et naître, le goût de la rêverie et « que ce goût s'est manifesté sitôt que j'ai « eu le composteur en main. »

Il est vrai que la corporation des typographes est celle qui fournit le plus de poètes. — J'en pourrais citer vingt auxquels ont doit des œuvres du plus grand mérite.

La vie de Georges Nicolas peut se résumer dans ces deux mots : travail et poésie.

Il est né à Paris le 17 mai 1839. A douze ans il quittait l'école et entrait à l'atelier ; il y est encore. Quarante-cinq ans de présence devant la casse ! et ne pas pouvoir encore exercer son droit au repos. Ah ! le travail est un ingrat qui ne s'occupe guère du sort de ceux qui lui font tant honneur. — C'est pourquoi il ne faut pas s'étonner de l'amertnme qui perce souvent dans la poésie des ouvriers : *ils doivent revendiquer pour leurs frères en travail et en misère, c'est leur droit, c'est leur devoir !*

Tout ce qu'il faut savoir pour écrire des vers comme ceux qui sortent de sa plume, Nicolas l'a appris au vol ; c'est l'histoire de tous ceux dont il est parlé dans ce livre.

Une anecdote : Une nuit notre poète s'égare au bal de l'Opéra ! lui qui voit toujours le côté sérieux des choses, même des fantaisies de la vie, qu'allait-il faire dans cette galère? — le voilà poursuivant un domino, qui ne demandait pas mieux que d'être poursuivi et... attrapé. — Mais tout à coup le décor se transforme aux yeux du poète un moment enthousiasmé, l'idée change, le rêve s'envole, la réalité apparaît, et cela se termine par un joli sonnet.

En voici un bien joli aussi, de sonnet, on y trouve la pensée constante de l'auteur de *Brins-d'Œuvres* :

ENCOURAGEMENT

à l'ami Fernand Ferrier

Ce n'est jamais en vain que l'artisan travaille,
Qu'il vive par le soc, la plume ou le marteau,
Le pain quotidien peut devenir gateau
Il suffit d'avoir foi dans l'art ou la semaille.

Est-on las de chercher, il s'offre une trouvaille,
La nuit qui semblait noire entr'ouvre son manteau
La balance indécise incline son plateau,
On la croyait perdue, on gagne la bataille.

A ceux qu'ont tant meurtris les cailloux du chemin,
Qui sait si le succès ne viendra pas demain?
Un effort héroïque entraîne la victoire...

Courage amis! ceignez vos reins et haut le cœur!
Parias du travail ou pélerins de gloire,
Encor un jour de lutte et vous serez vainqueur.

Je me résume : je suis heureux de terminer ces quelques notices par celle de Georges Nicolas — le seul vivant de la collection — parceque j'aime sa personne autant que j'aime ses vers. Je l'aime parceque c'est un sincère; un amoureux de tout ce qui est beau, et que c'est un ennemi de la pose.

Quand vient son jour de congé — le poète se retrouve — il s'envole sur les grandes routes où les chênes et les acacias centenaires forment des voûtes pleines de fraîcheur, ou il s'égare dans les sentes où l'on disparaît dans les blés qui vous entourent; il connaît toute la verdure des environs de Paris. Il ne s'attable pas : il marche, il se sature du grand air qui fait une douce diversité aux senteurs âcres de l'encre d'imprimerie qu'il respire chaque jour, et toute la poésie qui se case dans son cerveau, passe vite au bout de son crayon, et de là sur le petit carnet qu'il n'a pas oublié.

Nicolas possède à un haut degré l'esprit de confraternité, et nous devons à ce sentiment la publication d'une série de poésies ouvrières sous ce titre : *Les Coquelicots.* Cette publication a duré deux années sous la direction de Nicolas et a permis à une vingtaine de travailleurs de se révéler amoureux de cette fée qui adoucit tant de peines : la Poésie.

Je ne sais rien de plus attachant que les sonnets qui forment les dernières pages du livre de Nicolas : chacun d'eux est consacré à la mémoire d'un des précurseurs ou des maîtres en l'art de la typographie. Les obscurs, comme les plus connus, ont là l'hommage qui leur est dû ; le poète les met tous en pleine lumière — ici sa poésie est chaude et colorée, et l'on sent passer dans chaque ligne le bonheur qu'éprouve le poète typographe en traçant ses remarquables médaillons — Voici un de ces sonnets :

PIERRE SCHÆFFER

à Auguste Maze.

Comme à l'ombre du chêne un ormeau prend sa sève,
Ainsi près du savant se place un érudit,
Schœffer dans l'atelier de Gutenberg grandit,
Ayant pour aiguillon le travail et le rêve.

Ce que Jean ébaucha Pierre à présent l'achève.
Il complète cet art qui déjà resplendit,
Et, par son zèle aidé le maître s'applaudit,
Sentant qu'a son niveau le disciple s'élève,

Le copiste inspiré devient le créateur
Du moule, d'où jaillit le métal enchanteur.
Nul secret du grand art alors ne lui résiste.

Le divin Gutenberg qui, hier, devait gémir,
Dans sa gloire, aujourd'hui, peut aller s'endormir,
Car d'un scribe sans nom il a fait un artiste.

Je regrette de ne pouvoir faire plus de citations, mais je signale aux amis de la poésie : *La Fontaine du bu. La Lampe de grand'mère. Salut fraternel. Héliade-Radulesco. Chanson d'entrée à la Lice chansonnière. Les chansons de la vie. Gloriole de typo*, et vingt autres que vous trouverez dans les *Brins d'Œuvre*, chez le bon éditeur Lemerre.

Créteil 1897.

TABLE DES MATIÈRES

NOTA

Depuis que ces Notices ont été écrites, Savinien Lapointe est mort.

D'autre part, les chansons de Charles Gille — voir sa notice — ont été publiées.

CHARLEVILLE. IMP. V. ROUSSEAUX, 38, GRANDE-RUE

www.ingramcontent.com/pod-product-compliance
Ingram Content Group UK Ltd.
Pitfield, Milton Keynes, MK11 3LW, UK
UKHW031907260826
14628UKWH00003B/1048

9 782016 156049